ANNI STEFAN

ZWEI SEIN - EINS SEIN

Manuskript: Biografiewerkstatt Otto
Hauptstraße 166, 55120 Mainz

Herstellung und Verlag:
Books on Demand GmbH, Norderstedt

ISBN: 3-8334-3341-8   Preis: 12,00 €

Anfangs wollt ich fast verzagen,
Und ich glaubt, ich trüg es nie;
Und ich hab es doch getragen -
Aber fragt mich nur nicht, wie?

Heinrich Heine

Im Namen des Volkes ergeht folgendes Urteil:

Die Angeklagte Anna M. ist der fahrlässigen Tötung schuldig. Von Strafe wird abgesehen.

Der Mitangeklagte Klaus U. wird wegen fahrlässiger Tötung und zugleich fahrlässiger Körperverletzung zu einer Geldstrafe von 50 Tagessätzen von je 25,00 DM verurteilt. Den Führerschein erhält er im Gerichtssaal zurück.

Die Angeklagten tragen die Verfahrenskosten und ihre notwendigen Auslagen, der Mitangeklagte Klaus U. auch die Kosten der Nebenklage.

Die Angeklagten Klaus U. und Anna M. haben jeweils durch Fahrlässigkeit den Tod eines Menschen verursacht.

gez. Dr. Steinbrenner
Richter am Amtsgericht Karlsruhe

Juli 1952: Eine Hitzewelle hatte die ganze Bundesrepublik Deutschland erfasst. Temperaturrekorde wurden gemeldet und in manchen Städten und Kreisen herrschte Wassermangel. Die Wetterdienste kündigten Gewitter an, denen tropische „Hundstage" folgen sollten.

Ma, so nannten wir unsere Mutter, war hochschwanger – sie erwartete ihr fünftes Kind und lag drei Tage lang in einer Privatklinik in Bruchsal in den Wehen.

Die Kinder Heinz, Anneliese, Ursula und Werner blieben zu Hause in der Obhut des Vaters und der Großmutter.

Von modernen Ultraschall-Vorsorge-Untersuchungen wusste man noch nichts. Deshalb war es eine völlige Überraschung für Ma, die ganze Familie und selbst den Arzt, dass sie nicht nur ein Kind zur Welt brachte. Erst während der Geburt, ein Mädchen war bereits entbunden, teilte ihr der Arzt verblüfft mit: „Da kommt ja noch mal eines!" Zehn Minuten später erblickte ich das Licht der Welt.

Die eineiigen Zwillinge Theresia und Anna waren mit wenig Gewicht, aber gesund geboren.

Resi und Anni

Das tief greifende Leben von Zwillingen, das Leben der Resi und Anni, wie wir von da an genannt wurden, begann.

Der Vater wurde aus einer Gemeinderatssitzung geholt. Er war über unsere Doppelgeburt so erschrocken, dass er mit Schüttelfrost und Fieber ins Bett musste. Der Arzt bot damals meiner so überraschten Mutter an, eins von uns beiden Mädchen bei sich aufzunehmen. Anscheinend war er kinderlos. Vielleicht machte er auch nur einen Spaß. Das kam natürlich nicht in Frage. Ma kehrte mit uns beiden heim, legte uns zwei auf den Tisch und stellte fest: „Ein Haus voll Arbeit!"

*

Unser Vater war selbständiger Architekt, alles Geschäftliche spielte sich in unserem Haus ab. Er war im badischen Wiesental Gemeinderat und Fraktionsvorsitzender der örtlichen SPD sowie stellvertretender Bürgermeister. Vater war Bausachverständiger der Gemeindeverwaltung, Mitglied mehrerer Kommissionen und des Verwaltungsrats der Gemeindesparkasse. Daneben gehörte er noch dem Elternbeirat der Schule und den Vorständen verschiedener Vereine an.

Seine Begabungen und Leistungen machten ihn zu einer Hoffnung für die Gemeinde. Unser Vater war ein sehr aktiver und agiler Mensch und zu seiner Zeit im Ort eine führende Persönlichkeit.

*

In den letzten Kriegsmonaten, am Sonntag, den 21. Januar 1945, um die Mittagszeit, war das Unheil auch über das ahnungslose Wiesental hereingebrochen und es hatte Brandbomben geregnet. Sie zerstörten einen großen Teil des Ortes. Weithin sichtbar brannte die getroffene Pfarrkirche. Die Kirchturmsuhr blieb um 12.35 Uhr stehen.

Ma erzählte immer wieder von diesem schrecklichen Tag, der für viele Wiesentaler den Tod brachte. So starben dabei auch Ma's Vater, ihre Schwester und deren siebenmonatiges Kind. Die Mutter von Ma, unsere Großmutter, wurde verschüttet. Man fand sie lebend unter den Trümmern neben den drei Leichen ihrer allernächsten Familienangehörigen.

Nach diesem schlimmen Ereignis waren Vaters Wissen und seine Berufserfahrung sehr gefragt und so half er damals tatkräftig beim

Wiederaufbau und Innenausbau der Kirche mit.

Die Planung und die Bauleitung vieler Gebäude in Wiesental lagen in seinen Händen. Dazu zählten das örtliche Arbeitsamt, ein Wohnhaus mit Praxisräumen und die ersten Einfamilienhäuser der Heimatvertriebenen, die sich nach dem Krieg in Wiesental eine neue Existenz aufbauten. Für den Bau der ersten Produktionshalle der Firma Süddeutsche Maschinenbaugesellschaft (SMG) in Waghäusel war Vater verantwortlich. Die Wiesentaler Friedhofshalle, so wie sie heute noch die Ansicht des Friedhofes prägt, wurde nach seinen Plänen errichtet, ebenso die Geschäftshäuser einer Bäckerei und einer Metzgerei sowie viele Wohnhäuser in den umliegenden Gemeinden des ehemaligen Landkreises Bruchsal.

Die Geschäftsleute, Bauherren und Mitarbeiter der Bauämter empfing Vater im Herrenzimmer unseres großen Hauses. Immer sauber und aufgeräumt, mit dunklen Polstern und Kachelofen, so habe ich es in Erinnerung.

In der Familie war er dominant und bestimmend. Er war der Herr im Haus. Die Aufgaben waren klar verteilt, das Geschäftliche war sein Ressort, Hausarbeit und Kindererzie-

Unser Vater

hung waren Sache seiner Frau. „Sieh' zu, dass etwas Gescheites auf den Tisch kommt", das waren Mutters oft zitierte Worte von Vater, wenn er viel Arbeit hatte, gestresst war und das Telefon nicht stillstand.

*

Die Mutter von Ma lebte bis zu ihrem Tod mit im Haus, half, wo sie konnte, und nahm am Leben der neunköpfigen Familie teil.

Die älteren Geschwister hatten die ungeliebte Aufgabe, so oft wie nur möglich auf die Zwillinge aufzupassen. Gerne taten sie dies nicht, denn sie hatten alle schon andere Interessen, bei denen wir im Weg waren.

Einmal - sehr wütend darüber, schon wieder auf die kleinen Schwestern aufpassen zu müssen - nahm Ursula den Kinderwagen, stieß ihn voller Wucht von sich weg, er kippte um und wir Zwillinge flogen heraus. Schlimmes passierte nicht, aber das Kindergeschrei war riesengroß und zu Hause durfte es niemand erfahren.

Für Ma bedeutete es eine Erleichterung, wenn uns Werner in den Anhänger seines Fahrrades setzte und uns überallhin mitnahm. Wir beide waren bei ihm gut aufgehoben.

Irgendwie musste der Tagesablauf geregelt werden.

Wie in jeder Familie ging es auch bei uns nicht immer harmonisch zu. Es wurde gestritten und versöhnt, geweint und gelacht, beleidigt und entschuldigt. Die Familie ist ja kein Paradies. Ihre eigentliche Probe besteht sie in den Sorgen und Nöten des Alltags.

*

„Die Urzelle alles menschlichen Miteinanders ist die Familie. In ihr müssen die Grundbeziehungen des menschlichen Miteinanders und so auch die Fähigkeit zur Gottesbeziehung erlernt werden. In ihr, nur von ihr her, kann das Miteinander der Liebe das Gegeneinander des Andersseins zu wahrer Gemeinsamkeit überwinden. In ihr müssen die Generationen sich verstehen lernen."

Papst Benedikt XVI.

*

Die familiäre Situation ließ es nicht zu, dass unsere Eltern zusammen verreisten. Geschäftliche Fahrten machte Vater alleine, an Urlaub dachte man nicht.

Nur einmal war es anders.

Unsere Eltern besuchten im Oktober 1954 in Nürnberg Freunde. Großmutter versorgte zu Hause die sechs Kinder im Alter von zwei bis siebzehn Jahren.

Vater und Mutter waren in einem Nürnberger Außenbezirk unterwegs. Bei regennasser Straße kam ihr Wagen plötzlich auf einem Straßenbahngleis ins Rutschen und reagierte nicht mehr auf Steuer und Bremse. Das Auto prallte auf einen stehenden Straßenbahnwagen.

Vater erlitt einen doppelten Schädelbasisbruch. Im Krankenhaus hieß es, am neunten Tag gebe es eine Wende, entweder er überlebe oder er schaffe es nicht.

Er starb am neunten Tag, ohne das Bewusstsein noch einmal erlangt zu haben. Mit 43 Jahren wurde er aus seiner besten Schaffensphase gerissen und ließ seine große Familie zurück.

Auch Ma wurde schwer verletzt und musste einige Wochen in Nürnberg im Krankenhaus bleiben. Erst nach Vaters Beerdigung wurde sie entlassen. Sie hatte sich nicht am Grab von ihrem Mann verabschieden können.

Vaters Tod war eine Tragödie für die älteren Geschwister. Sie standen am Sarg ihres Vaters, der nie mehr wiederkommen würde. Vater kommt nie mehr!

Für Kinder ist der Tod etwas sehr Geheimnisvolles. Nicht mehr zu sein, das ist für sie unvorstellbar.

Plötzlich war alles auf den Kopf gestellt, keiner wusste, wie es weitergehen sollte. Am wenigsten die Kinder. Kein Lachen war mehr erlaubt, das Klavierspiel verstummte. Es funktionierte gerade noch das Nötigste.

Viele fremde Leute mischten sich mit Ratschlägen und praktischer Hilfe in das Familienleben ein. Die Hilfsbereitschaft war gut gemeint, doch die Situation war für alle nicht einfach.

Mit Vaters Unfalltod brach eine schwere Zeit an.

Für die Verwandten, Freunde, alle die Vater kannten und für Wiesental war sein Tod ein schmerzlicher Verlust. In einer außergewöhnlichen Beerdigung und in vielen Zeitungsartikeln kam dies zum Ausdruck, im Folgenden einer der zahlreichen Artikel aus der regionalen Presse im Oktober 1954:

Am Grab von Leo Martus

Die ganze Gemeinde nahm Abschied von einem hilfsbereiten Menschen

Wiesental. Die starke Anteilnahme an dem Tode des im blühenden Alter von 43 Jahren an den Folgen eines Autounfalls verschiedenen Architekten und Gemeinderats Leo Martus fand ihren Ausdruck in der überaus großen Beteiligung an seiner Beisetzung am Donnerstagnachmittag. Gemeindeverwaltung und Gemeinderat, Vertreter des öffentlichen Lebens, der Behörden und der Vereine, zahlreiche auswärtige Trauergäste begleiteten Leo Martus auf seinem letzten Gang, denen sich die hiesige Bevölkerung anschloss. Trauernde aller Schichten, Alt- und Neubürger, Lehrer und Schüler erwiesen dem Toten als warmherzigen Freund und Förderer der Schule die letzte Ehre.

Pfarrer Brenzinger sprach am Grabe den sechs unmündigen Kindern des Verstorbenen mit den besten Wünschen für die baldige Genesung ihrer beim Unfall mitbetroffenen Mutter, den Angehörigen und allen, denen der Heimgang von Leo Martus eine so schmerzliche Lücke aufriss, tiefempfundene Trostworte zu.

Die vielen stillen Blumen- und Kranzspenden aber waren Zeichen von nicht in Worte gefasstem Dank an ein prominentes Mitglied in der Kommunalpolitik, in Kommissionen, Vereinen und in seinem Wirken schwer ersetzbaren Menschen, dessen Herz viel zu früh zu schlagen aufhörte.

Es trat der Tod mit schnellem Schritte
In unser friedlich stilles Haus;
Ganz unverhofft aus unserer Mitte
Riss er dein treues Herz heraus.
Hab` tausend Dank für alles Gute,
was du uns hier hast zugewandt.
Gott helfe unserem schwachen Mute,
bis wir dich schau'n im Heimatland.

(Gebet auf Vaters Totenbild)

*

Resi und ich waren zu klein, um diese Situation zu erfassen. Wir wuchsen behütet und umsorgt auf, nur ohne Vater. Vermisst haben wir ihn aber immer. Und dadurch, dass er auf tragische Weise so früh gestorben war, blieb er in unseren Herzen auch etwas ganz Besonderes.

*

Mit 39 Jahren war Ma Witwe geworden. Zu Hause erwarteten sie sechs unmündige Kinder, die Last des Schicksalsschlags und alle Sorgen einer großen Familie lagen auf ihren Schultern. Ma musste nun auch den Vater ersetzen.

Wir Zwillinge, oben mit Mutter und Schwester

Wir Zwillinge waren zwei Jahre alt, Heinz, der Älteste machte bereits eine Lehre. Er musste als 17-jähriger Junge seiner Mutter zur Seite stehen und viel Verantwortung übernehmen. Anneliese arbeitete in einem örtlichen Geschäftshaus, Ursula und Werner gingen noch zur Schule.

Vaters geschäftliche Hinterlassenschaften mussten geregelt werden. Es fand sich aber jemand, der diese Aufgaben übernahm.

Sicherlich war Ma oft verzweifelt und traurig, aber um diese Gefühle bewusst wahrzunehmen, waren wir noch zu klein.

Die Jahre gingen ins Land und nie erwog sie, noch einmal eine Beziehung einzugehen. „Warum hast du nie wieder geheiratet?", fragten wir sie manchmal, als wir älter waren. „Erst ist man voller Trauer, dann ist man zu alt" und „Welcher Mann will eine Frau mit sechs Kindern heiraten?", waren ihre Antworten.

Sie war eine starke Frau. Nie erlebte ich, dass sie sich gehen ließ oder uns vernachlässigte. Sie war mit guter Gesundheit ausgerüstet und nahm ihr Schicksal gläubig an.

Ihre Tage waren ausgefüllt mit viel Hausarbeit in und um unser großes Haus, mit der

Sorge für uns Kinder, mit Garten- und Feldarbeit und den Tieren, die wir hatten.

Außerdem war sie eine gute Köchin. Immer wieder erhielt sie die Anfrage, bei einer Hochzeit oder Erstkommunion zu kochen. An so eine Aufgabe ging sie mit Leib und Seele heran. Hinterher war sie stolz, wenn alles gut geklappt und es den Gästen geschmeckt hatte.

Zwölf Enkelkinder wurden ihr geschenkt, aber Schicksalsschläge blieben ihr weiterhin nicht erspart. Das Leid eines contergan-behinderten Enkelkindes und den frühen Tod seiner Mutter musste sie durchleben.

Für eine alte kranke Tante übernahm sie viele Jahre die Vormundschaft und Pflege. Alljährlich am 2. Januar musste sie bei der zuständigen Behörde, dem Vormundschaftsamt in Philippsburg, die Unterlagen vorlegen und die Formalitäten aufs Neue regeln. Für Ma war das immer mit viel Aufregung und schlaflosen Nächten verbunden. „Hätte ich es nur schon hinter mir", klagte sie. Doch es gab nie Beanstandungen, ihre Nervosität war unbegründet. Anschließend war sie immer sichtlich erleichtert und konnte wieder ihrer Arbeit nachgehen.

Außerhalb der Familie engagierte sie sich während der Schuljahre von uns Zwillingen im Elternbeirat. Kam sie vom Elternabend zurück, berichtete sie: „Ich wurde wieder hineingewählt, niemand wollte es machen!" Es war ihr nie zuviel.

Als die Familie unseres ältesten Bruders größer wurde, erhielt er unser bisheriges Haus und Mutter baute noch einmal ein kleines Einfamilienhaus, idyllisch am Wagbach gelegen, nahe am Waldrand. Ein großes Grundstück mit vielen Obstbäumen und einem Gemüsegarten, das ihr viel Arbeit machte, das sie aber gerne liebevoll pflegte. Dort verbrachten Resi und ich unsere Jugendjahre.

Wir waren die Nesthäkchen, das Haus stand immer offen für unsere Freundinnen und Freunde. Alle waren willkommen. Ma freute sich über die jungen Menschen und hörte unseren Gesprächen gern zu.

*

Ein Erlebnis habe ich noch genau vor Augen:

Die Schulglocke läutet zur Pause und ich trete an das Lehrerpult. Das Klassenbuch mit den Namen der Kinder und der Erziehungsberechtigten ist aufgeschlagen. Ein Blick und ich sehe hinter dem Namen unseres Vaters ein Kreuz. Erschrecken eines Kindes! Herzklopfen! Und das, obwohl ich doch wusste, dass

Vater tot war. Tief in meine Seele hat sich dieses Kreuz eingegraben.

Mit der Pflege von Vaters Grab wurden wir groß, Friedhofbesuche gehörten zu unserer Kindheit. Die kleine Kapelle in der Mitte des Friedhofes in Wiesental war immer geöffnet. Wenn Ma für die Grabpflege mehr Zeit benötigte oder noch einen Schwatz hielt, besuchten Resi und ich diese Kapelle. Das Besondere an ihr war, dass dort außer zwei Kirchbänken für die Erwachsenen auch noch eine kleinere Ausgabe für die Kinder stand. Das gab es sonst nirgends.

*

Unser katholisches Elternhaus und der katholische Heimatort prägten uns stark. Der katholische Glaube war das Fundament der Familie.

Am Samstagnachmittag hörte die Geschäftigkeit auf und man bereitete sich auf den Sonntag vor. Selbstverständlich gingen wir mit Ma in Sonntagskleidern zur Kirche. Besonders schön war es, wenn uns die Nachbarskinder mit ihrer Mutter begleiteten. Der Gottesdienst war uns nicht so wichtig, vieles davon verstanden wir auch noch nicht. Aber der gemeinsame Weg, die Gesinnung, die Vertrautheit in unserer Heimatkirche und das feierliche Glockengeläut beeindruckten uns.

Das Kirchenjahr war für unsere Familie wichtig. Erwartungsvoll ging es den hohen Festen entgegen. Diese Grunderfahrungen und Traditionen schenkten uns Kindern Freude, Sicherheit und Geborgenheit im Glauben. Das blieb tief verwurzelt. Nie habe ich es als unangenehmen Zwang empfunden. Es gehörte zu uns.

Fronleichnam war ein Feiertag, der besondere Vorbereitungen erforderte. Schon Wochen vorher war Ma mit der Frage beschäftigt, wie sie den Blumenschmuck am Haus gestalten werde. Am Vorabend wurde alles hergerichtet. In aller Frühe stellte sie die Pflanzen heraus, schmückte das Haus und streute gemähtes Gras auf die Straße, auf der die Prozession entlang ging. Ein wunderbarer Duft lag über diesem festlichen Tag. Die Straßen waren mit Fahnen und Blumen geschmückt, Kinder trugen in ihren Körbchen Blütenblätter. Mit Gesang und Gebet folgten die Prozessionsteilnehmer dem Allerheiligsten. Erwartungsvoll ging jeder dem Stationsaltar entgegen, wo fleißige Hände einen herrlichen Blumenteppich gezaubert hatten.

Und wenn es das Wetter gut meinte, hielt die Hitze den Vormittag über an und erst am Nachmittag zog ein Gewitter auf. So war es oft.

Am Fest Mariä Himmelfahrt, immer am 15. August, ging es zusammen mit den Nachbarskindern und deren Mutter per Fahrrad zur Gottesdienstfeier und Lichterprozession in den nahe gelegenen Wallfahrtsort Waghäusel. Der Heimweg in der Nacht durch den Wald war für uns Kinder gruselig-schön. Unsere aufkommende Angst überspielten wir mit viel Gaudi.

Im April 1962 durften wir zum ersten Mal in unserer Heimatkirche zusammen mit 101 Kindern die heilige Kommunion empfangen. Das große Fest wurde zu Hause mit der Familie und der Verwandtschaft gebührend gefeiert.

Zum Festtag wurde gekocht und gebacken und das Mobiliar des Wohnzimmers ausgeräumt. Die ganze Organisation und Durchführung des Festes lag in Ma's erfahrenen Händen.

Traditionell führte der Ausflug am Montag danach mit allen Erstkommunionkindern und dem Pfarrer zur Wallfahrtskirche nach Waghäusel. Das Sakrament der Firmung erhielten wir im Mai 1965 durch Weihbischof Karl Gnädinger. Damals war es nicht üblich, dass auch dieser Anlass groß gefeiert wurde. Meist fand die Firmung an einem Werktag statt und war nur für die Pfarrei und die Firmlinge et-

Unsere Erstkommunion im April 1962

was Besonders. Im Alltagsleben des Ortes fand sie aber keine allzu große Beachtung.

In der katholischen Jugendgruppe erlebten wir Spaß und Spiel, Freundschaft und Streit, Feste und Feiern. Wir durften bei den Ferienlagern in der Schweiz dabei sein und erlebten diese Sommertage sehr intensiv. Als suchende und fragende Jugendliche fühlten wir uns dort wohl. Wir hatten Gemeinschaft und fanden Orientierung, Halt und Stabilität.

Wir junge Menschen besuchten die Gedenkstätte für den Schweizer Nationalheiligen Nikolaus von Flüe in Sachseln, im Kanton Obwalden. In herrlicher Landschaft steht das Bauernhaus seiner großen Familie, unweit davon die Einsiedelei. An diesem Heiligen scheiden sich die Geister. Für die einen ist er ein überzeugter Christ mit einer tiefen Spiritualität, die anderen halten ihn für einen Fahnenflüchtigen, der seine große Familie verließ, um seine ganz persönliche Frömmigkeit zu kultivieren. Aber in seiner Einsamkeit ist er alles andere als allein: Unzähligen Menschen wird er Ratgeber, Seelenführer, Vermittler und Friedensstifter in einem drohenden Bürgerkrieg. Seine verständnisvolle Frau Dorothea und die ganze Familie ließ er nicht allein, auch wenn er nicht bei ihnen war.

„Wie kann ein Vater seine Frau und zehn Kinder verlassen? Wie kann ein Mensch in solcher Einsamkeit leben, dazu noch ohne Nahrung? Was für ein großes Opfer hat Gott seiner Ehefrau abverlangt? War die Liebe so stark, dass sie dem standhielt?"

Fragen über Fragen von Jugendlichen. Wir diskutierten, kritisierten und verließen tief beeindruckt diesen außergewöhnlichen Ort.

Auch durch das Theologiestudium unseres Bruders Werner waren wir mit der Kirche sehr verbunden. Kontakte mit Religionslehrern, mit dem Kaplan, mit Katecheten, mit angehenden Priestern waren ganz normal.

Längst bin ich den Kinderschuhen des Glaubens entwachsen. Der Glaube ist ein Weg, den man auf Hoffnung hingehen muss. Glauben bedeutet ein Sich-fest-Machen in Gott, ein Trauen und Bauen auf ihn. Meiner Kirche bin ich immer treu geblieben. Ich fand dort eine tiefere Beheimatung. So ist mein langjähriges Engagement in meiner Pfarrgemeinde und die Erfahrung, mit Gottes Hilfe das Leben in seiner Vielfältigkeit und in seinen Höhen und Tiefen zu bestehen, eine Frucht meiner Erziehung.

Spuren im Sand

Eines Nachts hatte ich einen Traum:

Ich ging am Meer entlang mit meinem Herrn. Vor dem dunklen Nachthimmel erstrahlten, Streiflichtern gleich, Bilder aus meinem Leben. Und jedes Mal sah ich zwei Fußspuren im Sand, meine eigene und die meines Herrn.

Als das letzte Bild an meinen Augen vorübergezogen war, blickte ich zurück. Ich erschrak, als ich entdeckte, dass an vielen Stellen meines Lebensweges nur eine Spur zu sehen war. Und das waren gerade die schwersten Zeiten meines Lebens.

Besorgt fragte ich den Herrn: „Herr, als ich anfing, dir nachzufolgen, da hast du mir versprochen, auf allen Wegen bei mir zu sein. Aber jetzt entdecke ich, dass in den schwersten Zeiten meines Lebens nur eine Spur im Sand zu sehen ist. Warum hast du mich allein gelassen, als ich dich am meisten brauchte?"

Da antwortete er: „Mein liebes Kind, ich liebe dich und werde dich nie allein lassen, erst recht nicht in Nöten und Schwierigkeiten. Dort, wo du nur eine Spur gesehen hast, da habe ich dich getragen."

(Margaret Fishback Powers)

Resis zehnminütiger Geburts-Vorsprung blieb in unserem Zwillingsleben immer bemerkbar. Sie war die Dominante und die Temperamentvollere von uns. Ma hatte oft den Spruch drauf: „Bis du Wurst sagst, hat sie sie schon gegessen."

Resi preschte vor, oft war sie es, die bestimmte, was wir taten oder nicht taten. In der Schule hatte die eine da ihre Stärke, die andere dort. Zwillinge ergänzen sich und so glichen sich unsere Begabungen immer aus.

Wir verstanden uns ohne Worte, wir hatten die gleichen Gedankengänge, fühlten dasselbe, hielten zusammen wie Pech und Schwefel.

Wir begriffen selbst nicht genau, wie es kam, dass die eine wusste, was die andere tun werde.

Eineiige Zwillinge vereint ein starkes, unsichtbares Band, das weit über die äußere Ähnlichkeit hinausgeht. Eher handelt es sich darum, einander so nahe zu sein, dass der eine manchmal ein Teil des anderen ist.

Manchmal wird die Liebe so beschrieben, und wenn dies ihre richtige Definition ist, dann sind wir beide schon früh von der Liebe berührt worden.

Wir sahen uns zum Verwechseln ähnlich und wurden auch sehr oft verwechselt, eher von Lehrern als von Mitschülern. Das war für uns ganz normal. Die, die uns gut kannten, konnten uns unterscheiden.

Die Verwechslungsähnlichkeit kommt daher, dass eineiige Zwillinge mit identischen Genen ausgestattet sind. Alles, was das Aussehen eines Menschen bestimmt, und vieles, was sein Wesen und Verhalten ausmacht, ist vom Augenblick der Befruchtung an gleich.

Ma wurde immer wieder gefragt, ob sie uns denn unterscheiden könne. Aber eine Mutter verwechselt ihre Kinder nicht.

Wir waren immer gleich angezogen, da war Ma sehr darauf bedacht. Sie fuhr mit uns nach Karlsruhe, damit sie alles doppelt bekam, auch wenn sie von A nach B laufen musste.

Als Zwillinge berühmt zu werden, das war unser Kindertraum. Unser Vorbild waren die Kessler-Zwillinge. So wie sie zu sein und etwas Besonderes zu können, singen, tanzen, was auch immer, es blieb ein Traum.

Meistens hatten wir die gleichen Freundinnen, am besten zwei zeitgleich. Hatten wir nur eine Freundin zusammen, gab es irgendwann Streit. Zu dritt – das ging nicht. Hatten wir zwei, dann dauerte es nicht lange, bis sich herauskristallisierte, wer mit welcher am besten konnte.

Zwillinge brauchen aber nicht immer Spielkameraden. Wir konnten unsere Zeit sehr gut allein miteinander verbringen.

An Vaters schönem, altem Schreibtisch spielten wir „Büro" und waren tüchtige Sekretärinnen. Oder auch „Schule". Dann waren wir strenge Lehrerinnen. Es war herrlich, die hohen Pumps der großen Schwester zu tragen und mit Handtasche und allem, was eine Dame so braucht, in die Rollen der Erwachsenen zu schlüpfen.

Mit kindlicher Vorsicht tippten wir unbeholfen auf Vaters schwarzer Schreibmaschine, die nach seinem Tod nutzlos herumstand. Dieser Gegenstand gab uns ein Gefühl der Nähe zu Vater und auch zu seiner Arbeit. Die Schreibmaschine war nicht nur ein Erinnerungsstück. Nein, sie war etwas Besonderes, etwas von ihm. Damit war er für uns spürbar, lebendig, damit war er bei uns. Obwohl wir es nicht in Worte fassen konnten, obwohl wir es nie aussprachen. Beim Anblick der Schreibmaschine hatten wir die gleichen Empfindungen.

Außerdem spielten wir „Heilige Messe", wir waren ja oft in der Kirche, und machten uns fein. Wir banden uns ein Tuch um, das

Kirchengesangbuch, Handtasche und die Pumps durften nicht fehlen.

Mit schlechtem Gewissen und in der Hoffnung, dass es keiner merke, stellten wir die getragenen Dinge wieder an ihren Platz. Natürlich wurde es entdeckt, aber die Schuhe waren so schön, dass wir sie immer wieder anziehen mussten. Die Standpauken nahmen wir in Kauf.

Die Fastnachtszeit war ein Höhepunkt im Jahr. Der ganze Ort war darauf eingestimmt und überall wurde gefeiert. Die Frage „Welches Kostüm ziehe ich auf den nächsten Ball an?" wurde bei den großen Schwestern heftig diskutiert. Da waren Abwechslung und Fantasie gefragt. Auf unserem Speicher stand eine alte, mit Faschingskleidung gefüllte Truhe, die jedes Jahr auf Brauchbares durchstöbert werden musste.

Mit großen Augen beobachteten wir die Vorbereitungen und die Geschäftigkeit der Erwachsenen an diesen Tagen. Einmal wurden alle Freunde unserer Schwestern Anneliese und Ursula zu einem „Hausball" eingeladen.

Jubel, Trubel und Heiterkeit, Musik und Tanz im Hause Martus, aber die kleinen Mädchen Resi und Anni durften halt nur kurz dabei sein. Doch auch die Kinder hatten ihren Spaß.

Selbst wenn dieser Spaß oft mit Ängsten vor den Masken und unheimlichen Gestalten, die die flüchtenden Kinder verfolgten, verbunden war. Das änderte sich jedoch, als wir älter wurden. Dann war auch für uns die närrische Zeit sehr wichtig.

Nicht immer waren wir ein Herz und eine Seele. Resi und ich stritten uns oft, meist wegen Kleinigkeiten, und teilten auch Schläge aus, versöhnten uns aber sofort wieder. Ma konnte es zwar nie verstehen, doch es war so. Schließlich waren wir Kinder. Manchmal klagte sie: „Immer diese Streitereien, was soll ich nur machen? Und gleich sind sie wieder ein Herz und eine Seele und nehmen sich in den Arm!" So schilderte sie es bei vielen Gelegenheiten, auch in unserer Anwesenheit. Der Mutterseele taten unsere Händeleien weh.

Während der Schulzeit waren wir unzertrennlich. Unsere Plätze hatten wir immer nebeneinander, aber die Kameradschaft mit den anderen blieb deswegen nicht auf der Strecke. War eine von uns beiden einmal krank, dann ging die andere mit viel Unbehagen und schweren Herzens allein zum Unterricht. Ein Teil von ihr fehlte, ein Teil von ihr war auch krank.

Beide entwickelten wir uns zu Leseratten. Außer den Büchern zu Hause durften wir die

Bibliothek im Haus der in Wiesental ansässigen Ordensschwestern nutzen und Bücher ausleihen.

Es gefiel uns, in der Vielzahl zu stöbern, die Bücher sorgsam zu behandeln und auf die pünktliche Rückgabe zu achten. Außerdem konnten wir miteinander unsere Gedanken und Fantasien über die Geschichten austauschen.

Eines der ersten Kinderbücher war „Heidi" von der Schweizer Schriftstellerin Johanna Spyri oder „Der Trotzkopf" von Emmy von Rhoden, welches aus dem Leben der oppositionellen, trotzigen Ilse erzählt.

Und wie für uns geschrieben bekamen wir als Sammelband „Das doppelte Lottchen". Der Film der fünfziger Jahre, gespielt von den echten Zwillingen Isa und Jutta Günther, lief in den Kinos. Die Filmbilder bekam man im Laden, musste sie sammeln und in diesen Band einkleben.

Erich Kästners Geschichte über die Zwillinge Lotte und Luise, die bei der Scheidung der Eltern getrennt werden, sich in einem Ferienheim wieder treffen und dann zu Hause die Rollen vertauschen, war für uns etwas ganz Besonderes. Denn nur wir konnten ja verstehen, was in den beiden vorging. „Was wissen andere schon, wie Zwillinge fühlen. Gar nichts", dachten wir gleichsam.

Zur Weihnachtszeit führten wir in der Schule das Märchen „Schneeweißchen und Rosenrot" auf. Da war es doch selbstverständlich, so dachten wir, dass wir als Zwillinge die Hauptrollen spielen durften. Es kam aber nicht so. Zwei andere Mädchen, Anita und Lioba, setzten sich durch und wir erhielten „nur" die Rolle der Prinzen-Brüder, die sich nach langem Suchen wieder finden. Die Aufführung gelang, aber Unstimmigkeit hing in der Luft.

Als unsere Lehrerin ihr erstes Kind erwartete, fragte sie in der Klasse, wer von den Mädchen bereit sei, gelegentlich auf ihr Kind aufzupassen. Viele von den Klassenkameradinnen meldeten sich, darunter auch Resi und ich. Nachdem unsere Lehrerin einen Sohn bekommen hatte, war der Zeitpunkt gekommen, dass sie etwas Hilfe brauchte. Sie fragte bei uns beiden nach, ob unser Interesse noch bestehe. Ja, wir wollten gerne auf den kleinen Holger aufpassen. Dann erzählte sie uns: „Als ich in der Klasse nachfragte, war meine Wahl schon längst auf euch gefallen. Ich wollte nur die Bereitschaft testen und sehen, wer daran interessiert sei."

Mächtig stolz auf die Sympathie und diesen Vertrauensbeweis, für eine große Verantwortung ausgewählt zu sein, verband uns noch viele Jahre eine Freundschaft mit dieser Lehrerin.

Resi und ich waren sehr schlanke Mädchen und so galt Ma's Sorge immer wieder unserem Gewicht. „Die Zwillinge sind zu dünn", bemerkte sie oft und hielt es deshalb für nötig, uns zur Kindererholung anzumelden. Als Fünftklässler wurden wir während der Schulzeit für sechs Wochen in ein Kinderheim der Caritas nach Segeten im Südschwarzwald nahe der Schweizer Grenze geschickt.

Sechs Wochen sind eine lange Zeit, wenn man Heimweh hat. Aber wir hatten ja uns und gemeinsam waren wir stark. Wir sollten an Gewicht zu nehmen und durften so viel essen, wie wir wollten. Es gab leckere Dinge, doch an jedem Mittwoch stand zum Frühstück Milchsuppe auf dem Tisch. Viel zu schüchtern dies abzulehnen, aßen wir diese Speise mit Ekel und viel Überwindung. Wir brachten es hinter uns: einen Teller Milchsuppe!

Der Tagesablauf war diszipliniert: Sport und Spiel, Küchendienst, Briefe schreiben, Zimmer in Ordnung halten und dazwischen Tage zählen, bis wir wieder heim durften. Als wir dann zurückkamen, gab es eine große Überraschung: Ma hatte ein Fernsehgerät gekauft. Toll!

Im selben Jahr heiratete unsere Schwester Ursula und in Dallas wurde US-Präsident John F. Kennedy ermordet. Ma's Entsetzen darüber hinterließ bei uns Elfjährigen einen starken Eindruck.

Als die Hochzeitsglocken für Heinz und seine Frau, ein Jahr später für unsere Schwester Anneliese und dann für Ursula läuteten, wurde dies immer zu Hause mit einem großen Fest gefeiert. Es war eine Selbstverständlichkeit, dass die kleinen Zwillingsschwestern auf dem Weg zur Kirche dem Brautpaar vorangingen, beide in schönen Kleidchen herausgeputzt. Neben dem Brautpaar standen Resi und ich im Mittelpunkt. Für uns bedeuteten die ganzen Feierlichkeiten Aufregung und Stolz zugleich.

Nun waren die drei großen Geschwister aus dem Haus. Sie lebten in der Nähe und bekamen Kinder, mit denen wir dann spazieren gehen mussten. Selber noch Kinder waren wir schon wieder Tante.

In unserer Mitte unser Neffe

Mit großen Schritten ging es dem Ende unserer Schulzeit entgegen. Als Zwillinge unzertrennlich wollten wir auch den beruflichen Weg gemeinsam gehen.

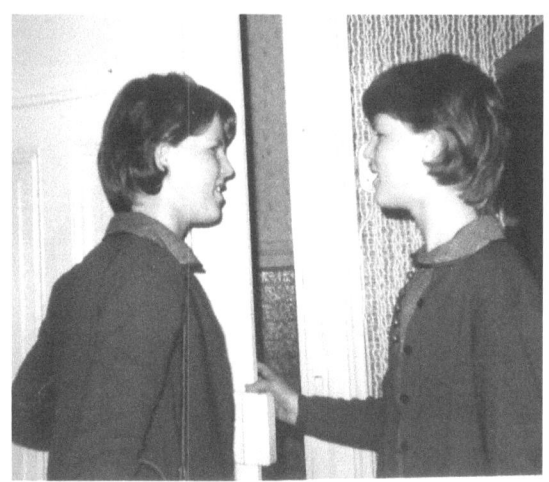

Wir Zwillinge um 1965

Zusammen mit Freundinnen, 1966

„Welchen Beruf sollen wir ergreifen oder gehen wir auf eine weiterführende Schule?" Diese wichtige Frage stellten wir uns oft. Unsere Mutter blieb bei ihrer Ablehnung: „Nicht weiter auf die Schule", obwohl wir das gerne wollten. Wir sollten erst einmal Geld verdienen. Sie war auch auf das Geld angewiesen und außerdem meinte sie: „Mädchen heiraten ja eh bald." Wir hatten gegen sie keine Chance und wurden bei der Berufswahl auch von den Großen etwas beeinflusst.

So standen wir mit Herzklopfen und flauem Gefühl im Magen am 1. September 1967 vor dem Modehaus Schöpf am Marktplatz in Karlsruhe, wo unsere dreijährige Lehrzeit zum Beruf der Bürokauffrau beginnen sollte.

Es war die Zeit der Beatmusik und der kurzen Röcke. Wir trugen gelbe, geblümte Minikleider, an welchen Ma noch vor dem ersten Arbeitstag die Saumlänge verändert hatte, damit sie nicht zu kurz waren. Trotzig ließen wir es sie tun, obwohl die Kleider dadurch den Schliff verloren. Wir trugen sie nur an unserem ersten Arbeitstag, danach nie mehr.

„Seid Ihr die Zwillinge, die heute bei uns ihre Ausbildung beginnen?" Mit diesen Worten begrüßte uns eine gerade eintreffende Abteilungsleiterin schon vor dem Modehaus. „Na, dann kommt mal mit!" Wir folgten ihr! Nicht ahnend, dass daraus eine bis heute anhaltende Freundschaft erwachsen sollte.

Das war der Beginn unserer Ausbildungszeit und zugleich der Anfang des Lebens als junge, noch nicht erwachsene Mädchen in der Stadt.

Wir traten in die Welt der Mode und Bekleidung ein und lernten vom Verkaufspersonal was, wie und wann Frau und Mann so trägt. Mit unserem dürftigen Lehrlingsgehalt konnten wir im Modehaus einkaufen. Das meiste dort war für unseren Geldbeutel zu teuer. Trotzdem konnten wir uns im Rahmen unserer Möglichkeiten immer wieder etwas leisten. Es war herrlich.

In aller Herrgottsfrühe, bei Wind und Regen, Schnee und Matsch, Sonne oder Kälte, radelten wir täglich zum örtlichen Bahnhof. War eines unserer Fahrräder mal wieder untauglich, weil es ständig benutzt und nicht repariert wurde, fuhren wir halt nur mit einem: Die eine radelte, die andere saß auf dem Gepäckträger. Auf halber Strecke wurde gewechselt. Natürlich wussten wir, dass dies nach der Verkehrsordnung nicht erlaubt war. Und tatsächlich wurden wir einmal von einer Polizeistreife angehalten und ermahnt. Aber in unserem Übermut radelten wir, wenn es sein musste, wieder so durch die Straßen.

Mit einem Bummelzug der Bundesbahn fuhren wir nach Karlsruhe. Jeden Morgen die gleichen Fahrgäste, immer die gleiche Meute junger Mädchen, die oft unausgeschlafen ihrem Arbeitstag entgegenfuhren. Meist brauchten wir gar nicht mehr die Fahrkarte vorzuzeigen, der Schaffner kannte die Fahrgäste. Und dies galt selbstverständlich erst recht für die Zwillinge.

Eines Morgens herrschte an unserem Bahnhof viel Aufregung. Mit dem nötigen Abstand beobachteten wir Polizei, Krankenwagen, Blaulicht und aufgeregte Menschen. Der Zug konnte nicht einfahren. Neugierig wurde getuschelt und alle fragten sich: „Was ist passiert?" Es bestätigte sich, was jeder schon vermutet hatte. Eine Frau hatte sich in Selbsttötungsabsicht auf die Gleise gelegt und war von einem Zug überrollt worden.

Wir waren geschockt.

„Warum? Warum nimmt sich jemand das Leben und dann auf diese grausame Weise?" Wir konnten es nicht verstehen.

Mit viel Verspätung brachte uns der Zug nach Karlsruhe. Er fuhr an der Unglücksstelle vorbei und manche warfen aus dem Zugfenster noch einen Blick auf die Unfallstelle.

Gemeinsam mit den Mädchen, die denselben Weg zur Stadtmitte hatten, ging es mangels Geld für die Straßenbahn zu Fuß Richtung Marktplatz. Täglich trafen wir in der erwachenden Stadt die gleichen Menschen. Männer und Frauen, die zur Arbeit hasteten, Straßenfeger und Müllmänner, Schüler und Studenten, in welche abwechselnd eine von uns Mädchen nur durch Blickkontakt oder ein schüchternes „Hallo" verliebt war. Genauso auf dem Rückweg am Abend. Mit Klatsch und Tratsch über die Erlebnisse des Tages ging es wieder heimwärts.

Zwischendurch musste auch gelernt werden. Der Besuch der Handelslehranstalt II in der Karlsruher Mathystraße war für uns immer ein Gräuel. In einem scheußlichen alten Backsteingebäude mit einem widerlich modrigen Geruch ertrugen wir trockenen Unterricht, langweilige Lehrer und eine Klasse, deren Schüler nichts miteinander verband und in der sich jeder fremd fühlte.

Nur einmal geschah etwas Besonderes: am 21. Juli 1969. Der amerikanische Astronaut Neil Armstrong betrat als erster Mensch den Mond.

„Ein kleiner Schritt für den Menschen, aber ein riesiger Schritt für die Menschheit", waren seine ersten Worte nach Verlassen der Landefähre. Wir durften eine Aufzeichnung dieses sensationellen Ereignisses während der Unterrichtszeit am Fernseher verfolgen.

*

Außerhalb der Schulpflicht und des Arbeitslebens war so viel anderes viel aufregender. Resi und ich lernten Menschen kennen, die uns beeinflussten und interessant waren. Freundschaften entstanden und gingen wieder auseinander. Mit traurigen Lebensgeschichten und den Brüchen im Leben anderer wurden wir konfrontiert.

Und da war auch unsere Bruchsaler Clique mit Will, Silvia, Vilko, Sig und Geli, Elvira, Lothar, Moni, Manni und Edo.

Edo Zanki und seine Band waren unser Mittelpunkt. Edo war ein begnadeter Sänger mit viel Seele und Herz in der Stimme. Weit über die heimatlichen Grenzen hinaus sprach man von ihm. Edo hatte das Zeug zum deutschen Soul-Musiker. Doch dazu lag noch ein langer Weg vor ihm. Viele Jahre später lobte ihn Herbert Grönemeyer als „einen der größten musikalischen Könner, die wir haben" und Deutschlands wichtigster Impresario, Fritz Rau, meinte: „Es gibt wenige, die einen Durchbruch so verdient haben wie er."

In einem ehemaligen Geräteschuppen neben dem Wohnhaus der Eltern in Bruchsal wurde Musik gemacht. Am Klavier oder Keyboard und nahezu einem Dutzend anderer Instrumente. Edo war ein Allrounder. Schon als Unterprimaner komponierte und textete er eigene Songs und zog mit seiner souligen Stimme und seiner herzlichen Art alle in seinen Bann. Seine Persönlichkeit übte besonders auf die Mädchen eine Faszination aus. Oft saßen wir bis in den Morgen im Schuppen und hörten einfach nur zu.

In dieser Zeit lernte ich Will, Edos Freund, kennen. Seine Unbekümmertheit und Schläue, seine positive Einstellung zu den Dingen des Lebens, waren erfrischend und taten mir gut. Verliebt genossen wir jedes Zusammensein mit und ohne Clique. Wir pflegten unser Glück wie ein Juwel.

An den Arbeitstagen sahen wir uns selten. Umso wichtiger war das Telefonieren tagsüber, um über die Erlebnisse des zurückliegenden Wochenendes zu quatschen, kleine Geheimnisse zu verraten und zu erfahren, wer welchen Freund oder welche Freundin hatte.

Privatgespräche des Personals waren im Modehaus zwar nicht erlaubt, doch wir nutzten in der Mittagszeit die Gunst der Stunde, wenn die Chefs zum Essen nach Hause fuhren. Aber Vorsicht: Wir durften uns nicht erwischen lassen!

*

In der Zeit unserer dreijährigen Ausbildung wurden die Verkaufs- und Büroräume umgebaut und der Zeit entsprechend modernisiert.

Nach Abschluss der Bauphase musste für das neue Ambiente Kundschaft geworben werden.

„Anni und Resi, seid Ihr bereit, einen Tag lang für unser neugestaltetes Haus auf der Kaiserstraße zu werben? Als Zwillinge seid Ihr dafür bestens geeignet", so lauteten die Worte der Geschäftsleitung. Zu dieser ungewöhnlichen Aufgabe konnten wir nicht nein sagen. „Habt nur Mut, Ihr könnt das", wurden wir bestärkt.

Eingekleidet in dunkelblaue Capes und Käppis auf dem Kopf spazierten wir an einem „Langen Samstag" mit etwas Unbehagen die Geschäftsstraße rauf und runter. Wir sahen aus wie Stewardessen, verteilten Werbeblätter und Bonbons und gaben jedem fragenden Passanten Auskunft.

Mit unserem Erscheinen zogen wir die Blicke auf uns. Der Werbeeffekt war gelungen.

Abends kamen wir müde ins Modehaus zurück und berichteten über unsere Erlebnisse. Eine Anerkennung der Geschäftsführung blieb aus.

*

Wie für alle jungen Menschen war für uns das Gefühl der Zugehörigkeit wichtig. Wir gingen tanzen, feiern, quatschten und hörten viel Musik. Unsere Musik! Santana und Chicago, Elton John und Leonard Cohen, die Beatles und die Rolling Stones, The Kings, The Hollies, The Bee Gees, The Four Tops. Und ganz besonders liebten wir die Soul-Musik von Sam & Dave, Aretha Franklin und Otis Redding.

In dieser turbulenten und jugendlich unbekümmerten Zeit flog Resi und mir ein Prospekt in die Hand:

„BERLIN WARTET AUF DICH"

Der Berliner Senat warb damals junge Menschen aus Westdeutschland an, für mindestens ein Jahr nach Westberlin zu kommen, um dort zu leben und zu arbeiten.

Nach dem Mauerbau hatte Westberlin durch den Wegfall der Hauptstadtfunktion und der Einrichtungen der Wirtschaft als auch durch die Insellage stark an Bedeutung verloren.

Viele wanderten ab in die Bundesrepublik, zu wenige Ausländer zogen zu, die Bevölkerungszahl sank. Ablesbar war dies an dem hohen Anteil der älteren Bevölkerung und der geringen Jugendlichenquote.

Gelockt wurde deshalb mit finanziellen Angeboten und Vergünstigungen, mit Arbeitsstellen, Wohnraum, kostenlosen Heimflügen und allem, was diese besondere Stadt zu bieten hatte. Das ließ uns keine Ruhe mehr.

Verändern wollten wir uns, aber war es das?

*

Die Ausbildung ging dem Ende entgegen und im Modehaus sahen wir keine Zukunft. Das Haus wurde von drei Chefs patriarchalisch geführt, für uns Lehrlinge galt das alte Sprichwort: „Lehrjahre sind keine Herrenjahre."

Streng verboten war es uns, mit dem Fahrstuhl zu fahren - der war der Kundschaft vorbehalten. Wir hatten ja junge Beine. Standpauken in militärischem Ton gehörten zum Alltag, so wenn morgens das Bürolicht noch brannte, es draußen aber schon taghell war. Nichts zu lachen hatte der Lehrling, der für die Post zuständig war, wenn sie versehentlich falsch frankiert war und deshalb wieder zurückkam. „Wer war gestern für die Post zuständig?", schrie der Chef für alle auf dem Stockwerk hörbar. „Haben Sie keine Augen im Kopf oder sollen wir das Strafporto vom Lehrlingsgehalt abziehen?" Danach Stille im Raum! Schweigend nahmen wir diese Einschüchterungen hin.

Das Bedienen der Telefonzentrale, in der alle Gespräche des Hauses zusammenliefen, gehörte auch zu unseren Aufgaben.

Während ich Telefondienst hatte, rief einmal eine Dame nach ihrem Einkaufsbummel auf der Kaiserstraße an: Sie störte sich am Anblick der nackten Schaufensterpuppen, während die Fenster neu dekoriert wurden, und bat mich, diese Beschwerde weiterzugeben. Es war ein freundliches Gespräch und ich versprach der Dame, ihr Anliegen an die Abteilung Dekoration weiterzuleiten, bat aber auch um Verständnis, dass solche Dinge vorkämen.

„Fräulein Anni, kommen Sie mal in mein Büro", rief der Chef in barschem Ton. Aufgeregt und etwas ängstlich ging ich zu ihm. „Also, das haben Sie vorhin sehr gut gemacht." „Was?" „Na, das Gespräch mit der Frau, die sich über die nackten Schaufensterpuppen aufregte. Sie waren freundlich und Ihr Ton war angemessen. Prima. So, jetzt gehen Sie wieder an Ihre Arbeit!" Hu, ich atmete auf. Auch das gab es. Aber siehe da, er hatte sich mal wieder in die Leitung eingeschaltet und mitgehört. Das kam immer mal vor, wir wussten das, konnten jedoch nichts ändern. So war der Chef!

Lehrjahre sind Lernjahre und die Erfahrungen zeigten uns, dass die unschönen Begebenheiten auch mit Schönem ausgeglichen wurden. Es gab immer wieder Menschen, die uns wohlwollend mit einem Lob stärkten, ermutigten und uns gerne hatten.

Doch die Zeit der Veränderung war gekommen. Wir hatten uns für Berlin entschieden. Unsere Kündigungen lagen auf dem Tisch und wir mussten bei den Chefs antreten.

Drei distinguierte Herren in dunklen Maßanzügen saßen vor uns. Spannung lag in der Luft. „Ihr wollt uns also verlassen und nach Berlin gehen? Gefällt es Euch hier gar nicht mehr? Was wollt Ihr in der Großstadt? Wisst Ihr denn, was Euch alles passieren kann?" Überlegt es Euch noch einmal!"

Sie reagierten eifersüchtig auf unseren Zukunftsplan, schließlich gingen wir im Doppelpack. Sie hatten kein Verständnis dafür, dass wir uns weiterentwickeln wollten. So beendeten sie das Gespräch kurzerhand mit den Worten: „Rennt euch nur die Köpfe ein!"

Und dann war es soweit!

Alles war geregelt, wir hatten eine Arbeitsstelle und zwei Zimmer gefunden, die Koffer waren gepackt. Jetzt hieß es, Abschied zu nehmen. Abschied von vertrauter Umgebung, von der Heimat, von mütterlicher Fürsorge, von Freundinnen und Freunden und für mich von Will. Das schmerzte mich am meisten. Wir hatten bis dahin eine schöne Zeit unserer jungen und zarten Liebe verlebt und uns prima verstanden.

Die letzten Stunden vor dem Abflug verbrachten wir zusammen mit Will und Edo schweigend in Edos Musikschuppen. In Gedanken versunken hörten wir die Musik von Elton John und Leonard Cohen. Am Klavier sang Edo seine Songs für uns. Den Abschied machte das nicht leichter.

Traurig gingen wir auseinander und empfanden eine tiefe Leere. Doch der Weg nach Berlin war eingeschlagen.

27. März 1971: In schicke Tweedkostüme gekleidet ging es mit großen Erwartungen und der Traurigkeit, die Abschiede an sich haben, Richtung Flughafen Frankfurt. Will fuhr uns mit seinem Opel dorthin, Ma in Begleitung. Großes Schweigen im Auto.

Erst, wenn du die Stadt verlassen hast, wenn der Kirchturm verschwunden ist, dann fängt das Abenteuer an. Am Airport Frankfurt schnupperten wir zum ersten Mal den Duft der großen weiten Welt.

Aufregung, Freude, Wehmut, Spannung, Traurigkeit, Neugier, Herzklopfen, Ungewissheit. Alles ging in uns vor.

Es war der erste Flug in unserem jungen, 19-jährigen Leben. Ohne viel miteinander zu reden, saßen wir im Flieger der PAN AM und hingen unseren Gedanken nach.

„Über den Wolken muss die Freiheit wohl grenzenlos sein. Alle Ängste, alle Sorgen, sagt man, blieben darunter verborgen und dann würde, was uns groß und wichtig erscheint, plötzlich nichtig und klein",

singt Reinhard Mey.

*

Wie wird es sein? Was erwartet uns? Was werden wir erleben? Welchen Menschen werden wir begegnen?

Anflug auf Berlin-Tempelhof. Unter uns die Stadt mit ihren dichten Wohnvierteln, Häuserfluchten und breiten Chausseen, das war unser erster Eindruck.

Mit einem Taxi, dessen Fahrer sich über die hübschen Zwillinge freute, ging es zu unserer neuen Adresse in Berlin-Schlachtensee, Kurstraße 1, wo wir zwei möblierte Zimmer mit Küchen- und Badbenutzung in einer großen Wohnung gemietet hatten.

Berlin-Schlachtensee erreicht man über Berlin-Zehlendorf in Richtung Wannsee, es gehörte postalisch zum Stadtteil Berlin-Nikolassee. Dieses Stadtviertel ist durchzogen von Wäldern, Grünanlagen, kleinen Wohnsiedlungen mit herrlichen Villen, von denen sich immer wieder ein stimmungsvoller Blick auf den Schlachtensee bietet. Eine eher ruhige Wohngegend ganz im Süden der Stadt und weit weg vom Zentrum West-Berlins. Die Breisgauer Straße war eine beliebte Einkaufsstraße. Künstler, Prominente und wohlhabende Persönlichkeiten der Stadt hatten dort in alten Villen und Herrschaftshäusern ihren Wohnsitz. Und neben unserem Wohnhaus in der Kurstraße gab es ein Wohnheim für Studenten der Freien Universität Berlin-Dahlem.

Frau Rosemarie P., unsere Vermieterin, und ihr Sohn Thomas erwarteten uns bereits. Thomas hatte wohl die Aufgabe, die neuen Untermieterinnen zu begutachten.

In einem großen herrschaftlichen Gebäude aus der Gründerzeit, umgeben von grüner

Wildnis, befand sich Frau P.'s Wohnung. Unsere beiden Zimmer, die nun unser Zuhause sein sollten, waren große, nur spartanisch eingerichtete Räume mit hohen Fenstern, die wenig Sonnenlicht hereinließen.

In der Küche türmte sich das Geschirr, seit Tagen hatte dort niemand mehr gespült.

Schon nach kurzer Zeit meinte Frau P.: „Ihr könntet doch das Geschirr spülen und die Küche in Ordnung bringen!" Wir taten es nie.

Nur einmal betätigten wir uns in diesem wenig gepflegten Raum. Aus Zeitmangel und mit großem Hungergefühl sahen wir über das Chaos hinweg und bereiteten uns eine kleine Mahlzeit zu. Doch Frau P. steckte überall ihre Nase hinein und somit war das Thema Küchenbenutzung für uns erledigt.

Eines frühen Morgens, Frau P. schlief noch tief und fest, mussten wir sie wegen eines Wasserrohrbruchs im Badezimmer wecken. Es war einer ihrer freien Tage und deshalb reagierte sie völlig hysterisch. Ihre Stimme überschlug sich und sie schimpfte mit uns: „Ihr hättet doch gleich den Hausmeister rufen können." Schlaftrunken wollte sie ihre Verantwortung auf uns abwälzen.

Doch dafür fühlten wir uns nicht zuständig, dieser Herr war uns auch gar nicht bekannt.

Außerdem drängte die Zeit, wir rannten eiligst zum Bus. Mit diesem Ärgernis musste sie alleine fertig werden.

Abends kam sie meist gereizt und genervt aus ihrem Lampengeschäft am Kurfürstendamm zurück und telefonierte dann stundenlang mit Freunden oder ging in Bars und zum Bridgespielen. Frau P. war eine attraktive Erscheinung, wenn sie abends ausging, war sie wie verwandelt. Jedoch hatte ihr aufregendes Leben tiefe Spuren in ihrem Gesicht hinterlassen.

Frau P. feierte gerne, schlief lange und wenn sie gute Laune hatte, ließ sie sich, in der einen Hand die Zigarette, in der anderen ein Glas Whisky, in einem unserer Zimmer nieder und erzählte von ihren lebenden und verstorbenen Männern.

Ehe sie schlafen ging, konnte man im ganzen Haus ihre schrille Stimme hören, wenn sie an der Haustüre ihren Kater „Puurzel" rief.

Sie entstammte einem verarmten Adelsgeschlecht. Dank dieser Herkunft wurde sie eines Tages zu einer Hochzeit nach Stockholm eingeladen. Von diesem Aufenthalt meldete sie sich mit einer Postkarte und berichtete uns, dass auf dieser Feier auch der damalige schwedische Kronprinz Carl Gustav, der heu-

tige König von Schweden, anwesend war.
Nach ihrer Rückkehr sprudelten die Erlebnisse nur so aus ihr heraus.

*

Die Haltestelle Kurstraße der Berliner Ver-
kehrs-Betriebe (BVG) war direkt vor unserer
Haustüre. Mit dem 18er-Bus ging es um sechs
Uhr früh zum Bahnhof Oskar-Helene-Heim.
Dort stiegen wir in die U-Bahn, die uns bis
zum Wittenbergplatz brachte. Dann hieß es,
umsteigen in die Linie 1 und bis Haltestelle
Hallesches Tor fahren. Von diesem großen
Knotenpunkt war es nur noch eine Station bis
zu unserem Ziel, der Kochstraße. So verlief
unsere einstündige Fahrtroute jeden Morgen
und jeden Abend.

Stieg man die Treppe der U-Bahn-Station
Kochstraße hoch, stand man unmittelbar gegenüber vom Checkpoint Charlie, dahinter
die Mauer. Ein paar Schritte noch und dann
hatten wir das Hochhaus unseres neuen Ar-
beitgebers, der GSW, vis à vis vom Axel-
Springer-Verlag erreicht. Die Gemeinnützige
Siedlungs- und Wohnungsbaugesellschaft
Berlin mbH, war damals eine der großen
Wohnungsbaugesellschaften der Stadt, die
insgesamt 40.000 Wohnungen und Gewerbe-

objekte in West-Berlin vermietete und verwaltete.

Hier trennten sich unsere Wege. Resi arbeitete im achten Stockwerk, ich im fünften. Zum Mittagessen trafen wir uns in der Kantine in der zehnten Etage. Von dort hatten wir einen großartigen Rundblick über die ganze Stadt und in den grenzenlosen Himmel Berlins.

Vom Fenster meines Büroraumes konnte ich direkt in den Ostteil der Stadt sehen. Die Umgebung im Stadtteil Kreuzberg war trist und einsam, fast unheimlich.

In einem kurzen Fußweg war der Anhalter Bahnhof zu erreichen. Von diesem ehemals wichtigen Verkehrsmittelpunkt stand nur noch die Ruine eines Teils der Eingangshalle. Sie ließ ein klein wenig von der früheren Pracht erahnen.

Am Potsdamer Platz, dem einst verkehrsreichsten Platz von ganz Berlin, trafen der amerikanische Sektor (Bezirk Kreuzberg), der britische Sektor (Bezirk Tiergarten) und – durch die Mauer von beiden getrennt - der sowjetische Sektor im Bezirk Mitte zusammen. Der Platz war ein riesiges Areal, verödet, einsam. Menschenleer, fast gespenstisch lag diese Brache da, so als gehöre sie niemand. Die kahlen Flächen konnten keinen Eindruck mehr von seinem einstigen Aussehen geben.

Es tat abends gut, wieder in die grüne Lunge der Stadt zurückzukehren. Auch weil wir uns dort sicherer fühlten.

Doch vorher musste noch ein Abstecher auf den Kurfürstendamm erfolgen. Dem Ku-damm nähert man sich am besten vom Wittenbergplatz aus. Die gelben BVG-Doppel-decker-Busse prägten das Straßenbild. In wenigen Schritten auf der Tauentzienstraße kam man zum KaDeWe, vorbei an dem schönen Rundbau mit „Renner-Bekleidung" in Richtung Kaiser-Wilhelm-Gedächtniskirche und Europa-Center. Berlin - wie wir es von Bildern her schon kannten.

Zurück wieder in Schlachtensee ging es uns am besten, wenn unsere Vermieterin nicht zu Hause war. Mit ihren wechselhaften Launen mussten wir immer rechnen und darauf hatten wir keine Lust.

*

Während der Arbeit beschäftigten mich die täglichen Sorgen und Fragen vieler Berliner Bürger, die sich räumlich verbessern und verändern wollten.

Häufige Fragen während einer Mietersprech-
stunde lauteten etwa so:

„Wir brauchen eine größere Wohnung. Oder
ist es möglich, innerhalb unseres Wohnblocks
die Wohnung zu tauschen?"

„Haben Sie einen Wohnberechtigungs-
schein?" Der Besitz dieses Dokumentes mit
dem unsinnigen Namen war sehr wichtig.

„Wie viele Zimmer und Quadratmeter hat die
Wohnung?"

„Wie ist sie ausgestattet? Gibt es einen Balkon,
einen Durchlauferhitzer und einen Müllschlu-
cker?"

„Wann ist der Mietvertrag fertig? "

Uns beiden Mädchen aus der Provinz waren
bis dahin solche Probleme einer Familie
fremd.

Manchmal erzählte ich von unserem eigenen
Haus in der Heimat, mitten im Grünen auf
einem großen Grundstück. Die Kolleginnen
und Kollegen hörten interessiert zu und konnten ihre Neugier und auch etwas Neid nicht
verbergen.

Doch dann meldete sich ihr Berliner Stolz:
„Alles nichts wert – wenn man nicht in Berlin
wohnt, in dieser besonderen Stadt." Wa!

Die Berliner Mentalität und die schnoddrige Berliner Schnauze konnten wir jeden Tag aufs Neue kennen lernen.

Nach der Einarbeitungsphase in der Wohnungsbaugesellschaft hatten wir uns eingelebt, blieben jedoch immer die beiden aus Westdeutschland. Es war nicht ganz einfach, Freundschaften zu schließen. Die West-Berliner waren Insulaner und was nicht Berlin war, war Provinz. Ihr Selbstbewusstsein war nicht zu überbieten und keiner machte eine Ausnahme.

„Wo kommt Ihr denn her?" Diese Frage wurde uns oft gestellt. Unser „Sprechen" war mit dem badischen Dialekt gefärbt, denn wir konnten diesen nicht ganz verbergen. So antworteten wir immer: „Wir stammen aus der Nähe von Heidelberg." Heidelberg kannte jeder.

Als mich einmal während der Arbeitszeit eine frühere Kollegin aus Karlsruhe anrief und ich automatisch in meinen Dialekt verfiel, war in der Abteilung das Gelächter groß.

Obwohl wir die Heimatsprache nicht ganz ablegten, dauerte es gar nicht lange und wir waren mit dem Berlinern vertraut. Wa!

„Dit Berlinern ist für uns 'n Teil von unsre Identität, wat wa uns nich wegnehmen lassen sollten – janz

ejal, welche Variante wa reden, ob aus'm Wedding oder aus Friedrichshain. Et jibt keen richtjet und keen falschet Berlinern."

*

Resi und ich verstanden uns in dieser Zeit sehr gut. Es gab kaum Streit, in den allermeisten Dingen waren wir uns einig. Die Fremde schweißte uns zusammen.

Wir nutzten die Zeit, soviel wie möglich zu sehen, zu erleben, kennen zu lernen. Unter vielen Künstlern waren die ganz großen Stars wie Elton John, Shirley Bassey und B.B. King in der Philharmonie. Champion Jack Dupree, der Blues-Interpret aus New Orleans im „Quartier Latin", James Brown und José Feliciano in der Deutschlandhalle und Leonhard Cohen mit seinen schmuseweichen Songs bei Kerzenlicht im altehrwürdigen Sportpalast. Das Erleben dieser musikalischen Höhepunkte wirkte lange nach. Umso mehr tat es uns gut, dass wir unsere Empfindungen miteinander austauschen konnten.

Unsere Interessen waren so vielseitig und deshalb waren wir mit dem großen kulturellen Angebot der Weltstadt ausreichend beschäftigt. Gerade war ein Konzert oder eine Theaterpremiere vorbei, hing schon wieder ein Plakat für die nächste Veranstaltung im U-Bahnhof.

Während der Funk-Ausstellung bekamen wir Besuch aus der Heimat. Unser Freund Edo war in Berlin, um bei einer Veranstaltung auf dem Messe-Gelände zu singen. Es war nur eine kurze Stippvisite, doch wir drei freuten uns riesig. Wochen später streifte unser Blick die BZ, eine Art Berliner Bildzeitung, und wir trauten unseren Augen nicht. In dicken Lettern stand da:

**„Nach dem Abi nur noch Musik
Edo Zanki will auf die Hit-Liste"**

Zwei ansehnliche Bilder, geschossen von dem renommierten Fotografen Jim Rakete, umschrieben mit Edos Werdegang, waren der BZ eine halbe Seite wert.

Da wir keine BZ-Leserinnen waren und es dem Abend zuging, klapperten wir die Zeitungskioske ab, um noch einige Ausgaben zu bekommen. Stolz trugen wir sie nach Hause. Die ferne Heimat war ganz nah.

Aus Ma's Erzählungen wussten wir, dass unser Vater während der Olympischen Spiele 1936 in Berlin weilte. Wie alles, was Vater tat, war auch dies zu seiner Zeit etwas Außergewöhnliches. Nun standen wir selber mitten in diesem großen Stadion und es übte auch deshalb eine besondere Wirkung auf uns aus.

Während der Fahrten mit den öffentlichen Verkehrsmitteln erlebten wir intensiv das pulsierende Leben. Oft waren wir noch lange nach Mitternacht mit Bus und U-Bahn unterwegs und manchmal gab es auch unangenehme Situationen. Die Stadt schlief nie.

Auf den nächtlichen Straßen begegneten wir betrunkenen und heimatlosen Gestalten, wir wurden Zeugen von Pöbeleien und Schlägereien und hörten auch anzügliche Bemerkungen. Doch wir waren zu zweit, das stärkte uns.

Am nächsten Morgen wartete der Verkäufer am Kiosk auf die Zwillinge und hielt uns bereits unsere Zeitung, den Berliner „Tagesspiegel", entgegen. Noch beeindruckt von der Vorstellung oder dem Konzert des letzten Abends konnten wir im Feuilleton schon die Kritik darüber lesen.

Ständig waren wir unterwegs.

Um die Stadt an der Spree kennen zu lernen, brauchten wir niemand. Es dauerte nicht allzu lange und Straßen, Plätze, Stadtteile und Sehenswürdigkeiten waren uns vertraut.

Berlins einzigartige Geschichte führte uns zur Gedenkstätte Plötzensee. Während des Nationalsozialismus wurden dort 3000 Opfer, darunter die Verschwörer des 20. Juli 1944, hingerichtet. Außerdem wurde die Praxis der nationalsozialistischen Justiz dokumentiert.

Wir besuchten auch die nahe gelegene Kirche Maria Regina Martyrum, die 1961/62 ebenfalls als Gedenkstätte für die Opfer der Gewaltherrschaft errichtet wurde.

Beeindruckt und schweigend fuhren Resi und ich wieder zurück in das pulsierende Leben Westberlins.

Abends nahmen wir an einem Englischkurs teil, gingen schwimmen und lernten die außergewöhnlichsten Lokale kennen. Kein Museum, keine Ausstellung blieben uns fremd. Bei Aufführungen in der Deutschen Oper und in allen Westberliner Theaterbühnen gehörten wir zum Publikum.

West-Berlin war Kneipenparadies und Kulturmetropole, geteilte Stadt und Treffpunkt Intellektueller. Stadt der Mode und der Kunst, Stadt der Theater, des Kabaretts und der Musik.

In der Schaubühne am Halleschen Ufer wurde wochenlang das Drama „Peer Gynt" des norwegischen Dichters Henrik Ibsen gespielt.

Täglich fuhren wir mit der U-Bahn an diesem Theater vorbei, ohne dass wir uns der Wirkung der großen Plakate für dieses Stück entziehen konnten. Peter Stein und sein Ensemble boten eine ungewöhnliche Inszenierung.

Im Schiller-Theater sahen wir „Warten auf Godot" von Samuel Beckett. Ein Klassiker des modernen Theaters, gespielt von den großen Mimen Carl Raddatz und Stefan Wigger.

Zwei Landstreicher, Wladimir und Estragon, auf einer Landstraße, ein Baum sonst nichts.
Estragon: Komm, wir gehen.
Wladimir: Wir können nicht.
Estragon: Warum nicht?
Wladimir: Wir warten auf Godot.
Estragon: Ach ja.
Wladimir: Also? Wir gehen?
Estragon: Wir gehen!
Sie gehen nicht von der Stelle.

Wer ist Godot? Auf wen warten die beiden? Warten sie auf Gott?

Samuel Beckett reagierte manchmal ungehalten auf die häufig gestellte Frage nach der Identität von Godot: „Wenn ich es wüsste, hätte ich es im Stück gesagt." Mehrfach soll er darauf hingewiesen haben, dass er das Stück eigentlich „Warten" habe nennen wollen. Das

Thema des Stückes sei nicht irgendein „Godot", sondern das Warten als solches.

Das Stück enthält viele biblische Zitate und Anspielungen auf religiös-theologische Inhalte und Themen.

Wladimir: Morgen hängen wir uns auf... Es sei denn, dass Godot käme.
Estragon: Und wenn er kommt?
Wladimir: Sind wir gerettet.

Wladimir erzählt immer wieder gerne die Geschichte der beiden rechts und links von Christus gekreuzigten Schächer.

Wladimir: ... Es waren zwei Diebe, die zusammen mit dem Erlöser gekreuzigt wurden.
Estragon: Mit dem was?
Wladimir: Dem Erlöser.

„Warten auf Godot" erzählt von Menschen, für die Gott zwar nicht existiert; sie warten aber, warten auf einen, den sie Godot nennen.

*

Das Brandenburger Tor, wichtigstes Wahrzeichen der Stadt, wurde nach dem 13. August 1961 durch die Sperranlagen des DDR-Grenzsystems abgeriegelt. Von der Westberliner Seite aus war es teilweise durch die Mauer verdeckt, doch die Ausstrahlung seiner Symbolkraft ließ keinen, der jemals davor stand, unberührt. Auch uns nicht.

Neugierig waren wir auf die Geschichte Ost-Berlins und den Reichtum der dortigen Sehenswürdigkeiten. Besucher aus Westdeutschland erhielten bei Vorlage ihres Reisepasses für fünf DM eine Tagesaufenthaltsgenehmigung, die bis 24 Uhr gültig war. Trotzdem nutzten wir die Besuchsmöglichkeit nur zweimal.

Mit beklemmenden Gefühlen saßen wir im Bus und wurden streng kontrolliert. Ein Vopo hielt unsere Pässe in der Hand, sah diese, dann uns beide mit strengem, kaltem Gesichtsausdruck an und berlinerte: „Na, Sie kama abar verwechseln, wa!" Sogar ein Anflug von Lächeln war dabei in seinem Gesicht zu erkennen. Resi und ich waren wie die anderen Fahrgäste über seine Worte und die menschlichen Züge überrascht.

Den tiefsten Eindruck in Ost-Berlin hinterließ bei uns der Besuch der Museumsinsel. Trotzdem waren wir anschließend froh, wieder im Westteil der Stadt zu sein. Der Anblick der Berliner Mauer wurde nie selbstverständlich für uns. Immer wieder sahen wir sie. Auch bei uns blieben ein Mauerkoller und das Gefühl, eingesperrt zu sein, nicht aus.

Zur Berliner Modewoche im Frühling reisten alle Chefs und Einkäufer der führenden Modehäuser Deutschlands nach Berlin. So auch unser ehemaliger Chef mit seinen Einkäuferinnen. Zu unserer völligen Überraschung rief er uns an und bat uns, gleich zu einer Modenschau zu „Hensel und Mortensen" zu kommen. Diese unserer Wohnungsbaugesellschaft gegenüber gelegene Bekleidungs-Firma war uns schon seit der Ausbildungzeit durch Schriftverkehr und Telefonate vertraut. Nun durften wir dort bei einer Modenschau zu Gast sein.

Sichtlich stolz stellte er uns als seine Zwillinge vor, die in seinem Modehaus ausgebildet worden waren. Er lud uns zum Abendessen in ein vornehmes Restaurant auf den Kurfürstendamm ein und genoss es, danach mit uns auf der Flaniermeile zu bummeln und uns die sündhaft teuren Modehäuser zu zeigen. „Sehen Sie, Resi und Anni, hier kauft man ein und nicht in irgendwelchen Warenhäusern." Das war seine Meinung. Leider waren für uns die Preise in „seinen" Nobelgeschäften unerschwinglich.

*

Unser treuer Begleiter war das Heimweh. Trost und Freude waren die unzähligen Briefe aus der Heimat, die wiederum von uns beantwortet werden mussten. Darin schilderten wir ausführlich unser Leben in der Metropole. Auch in den langen Telefonaten mit meinem Freund Will, der damals in einer Bruchsaler Firma jobbte und deren Telefon mit den Gesprächen nach Berlin strapazierte.

Wir konnten bei unserer Vermieterin jederzeit angerufen werden und alle Gespräche entgegennehmen. Der Telefonapparat war aber für Gespräche nach draußen mit einem Schloss an der Wählscheibe gesperrt. Auf diese Weise zeigte Frau P. uns deutlich ihr Misstrauen, zu dem wir ihr nie Anlass gegeben hatten. Das tat weh.

Im Sommer 1971 war es endlich soweit: Wir traten den ersten Heimflug an. Aufgeregt und mit großen Erwartungen kamen die Zwillinge für eine Woche aus der Weltstadt Berlin zurück in die Heimat. Am ersten Abend saßen wir noch mit Ma und den Geschwistern zusammen und erzählten von unseren Erlebnissen.

Doch dann ging es los: Reihum mussten alle Freundinnen und Freunde besucht werden. Das war wichtig. Alle wollten uns und wir wollten alle wiedersehen.

Zu Hause waren wir nur noch zum Essen und Schlafen. Ma war über unser Verhalten traurig und enttäuscht. Sie hatte große Erwartungen in unser erstes „Heimkommen" gesetzt, welches dann für sie so ganz anders ablief.

Sehr gekränkt ertrug sie schweigend diese Tage. Wir drei waren unfähig, miteinander zu reden. In dieser Stimmung traten wir den Rückflug an und ließen sie mit ihrer Enttäuschung zurück.

Wieder in Berlin erklärten wir in einem Brief unser Verhalten. Es sollte nie mehr passieren.

*

Nach den Weihnachtsfeiertagen und Silvester kamen wir am 2. Januar 1972 wieder aus der Heimat nach Berlin zurück. Zu unserer völligen Überraschung lag die Kündigung für unsere beiden Zimmer auf dem Tisch. Frau P. hatte die Absicht, ihren damaligen Freund, sie nannte ihn immer „Doktorchen", in die Wohnung einziehen zu lassen. Mit uns hatte sie jedoch nie darüber gesprochen.

Zufällig erfuhren wir auch, dass wir bis dahin mit unserem monatlichem finanziellem Beitrag ihre ganze Wohnungsmiete beglichen hatten.

Unser Auszug war unausweichlich, aber wir waren darüber nicht traurig. Wir räumten unsere Zimmer und sahen Frau P. nie wieder.

In Berlin Wohnraum zu finden, war damals ein kleines Abenteuer. Jeden Abend nach Geschäftsschluss fuhren wir mit der Zeitung quer durch die Stadt. Das war auch unsere Beschäftigung an den Samstagen, denn am Wochenende waren die Zeitungen voll mit Wohnungsangeboten. Wir trafen dubiose männliche Vermieter an, finstere Geschäftemacher, aber auch freundliche Personen, die das letzte Loch vermieten wollten.

Doch wir hatten Glück und fanden ein großes, möbliertes Doppelzimmer in der Schlossstraße 18 in Charlottenburg – in Nachbarschaft des Charlottenburger Schlosses. Auch dort war der Komfort sehr bescheiden: Waschgelegenheit und Toilette auf dem Flur, nebenan ein junger Mann, den wir aber nur sehr selten zu Gesicht bekamen. Das Zimmer war gemütlich und warm, die U-Bahn direkt vor der Tür.

Die Schlossstraße, eine belebte Straße mit kleinen Geschäften und Lokalen, gesäumt von vielen Bäumen, führt geradewegs auf das Charlottenburger Schloss zu. Nebenan beim Bäcker bekamen wir morgens unsere Schrippen und Lebensmittel. Den Hunger zwischendurch stillten wir mit Stullen und Bulet-

ten von der Würstchenbude, die es in der
Stadt an jeder Ecke gab. Diese Bequemlichkeit
nutzten wir gerne und außerdem war noch
etwas für uns sehr wohltuend: Wir hatten
keine nervige Vermieterin mehr und die Nähe
der Wohnung zur Firma hatte kürzere Fahrt-
zeiten und dadurch mehr Freizeit zur Folge.

Aber unser Leben in der geteilten Stadt neigte
sich dem Ende zu. Nie hatten wir erwogen,
die Berliner Zeit auszudehnen. Nach fast ein-
einhalb Jahren wollten wir wieder nach Westdeutschland zurück.

Von manchen Berlinern fiel uns der Abschied
nicht leicht und Wehmut begleitete unsere
Heimreise. Mit vielen reichen Eindrücken und
Erlebnissen, mit guten und weniger guten
Erfahrungen, flogen wir im Sommer 1972 zum
vorläufig letzten Mal von Berlin nach Frankfurt.

Zeitreise in das Jahr 1989!

Familienurlaub - August 1989 - in Österreich am Neusiedler See nahe der ungarischen Grenze. Die Nachrichten meldeten, dass viele hundert DDR-Bürger die erstmalige Öffnung des Eisernen Vorhangs nutzten, um über Ungarn nach Österreich zu flüchten. Die ungarische Regierung hatte de facto den Schießbefehl an der Grenze zu Österreich abgeschafft.

Bei einer fachkundigen ornithologischen Bootsfahrt über den Neusiedler See erblickten wir immer wieder die unbesetzten Wachtürme. Gespenstisch leer standen sie in der schönen Landschaft und zeugten von einer Zeit, die vorbei sein sollte.

Es war Wirklichkeit und doch konnte man es noch nicht richtig glauben. In jenen Tagen und Wochen flüchteten tausende DDR-Bürger über diese Grenze und in die BRD-Botschaften in Prag und Ungarn.

Ungewollt waren wir in der Nähe eines weltgeschichtlichen Dramas – dem Fall des Eisernen Vorhanges, dem Untergang des Ostblocks und dem Ende des Kalten Krieges.

Ein politisch heißer Herbst begann.

Am 9. November 1989 saß ich gebannt vor dem Fernsehgerät, eine Gänsehaut nach der anderen überlief mich. In Berlin passiert etwas Unglaubliches. Mitten in der geteilten

Stadt wird Geschichte, deutsche Geschichte, Weltgeschichte geschrieben.

Die Berliner Mauer - 28 Jahre stand sie für Trennung, Unfreiheit, Leid und Todesschüsse - fällt.

Menschen stehen auf ihr und liegen sich in den Armen, DDR-Bürger fahren jubelnd in ihren Trabis durch die Grenzübergänge der Stadt und sind in West-Berlin. Freudentaumel überall.

Die friedliche Revolution hatte ihren Höhepunkt erreicht.

Kein nationales Ereignis hat die Menschen so sehr bewegt wie dieses. Kein Ereignis der deutschen Geschichte hat mich emotional so sehr berührt wie der Fall der Berliner Mauer, vor der ich so oft stand.

Ende der Zeitreise!

*

Zurück aus Berlin waren wir erwachsener und erfahrener geworden und mussten nun wieder die Weichen für unsere Zukunft stellen.

Unsere Pläne waren noch unbestimmt. Klar war aber, dass wir nicht mehr zu Ma nach Hause ziehen wollten. So schön und geborgen wir es bei ihr hatten und so sehr sie es sich auch gewünscht hätte - wenn man einmal flügge und selbständig geworden ist, will man nicht mehr ins Nest zurück.

„Wie geht es weiter?", fragten wir uns. Wir waren unabhängig und der Arbeitsmarkt bot viele offene Stellen.

Wieder daheim, setzten wir in die Tageszeitung ein Inserat mit unseren beruflichen Wünschen und Vorstellungen:

> 20-jährige Zwillinge, weiblich
> suchen neuen Wirkungskreis
> als Verwaltungsangestellte
> im Raum
> Karlsruhe-Pforzheim-Stuttgart

So ähnlich lautete unsere Annonce, auf die eine Vielzahl von interessanten und weniger ansprechenden Angeboten eintraf.

Aber eines stach hervor:

Die Verwaltung des Südwestdeutschen Rehabilitationskrankenhauses in Langensteinbach war an uns interessiert und bat zum Vorstellungsgespräch.

Das akademische Lehrkrankenhaus der Universität Heidelberg hatte damals 300 Betten und zog Arbeitskräfte auf der Suche nach einem vielversprechenden beruflichen Werdegang an, aber auch Patienten, die nach

Krankheit oder Unfall rehabilitiert werden mussten, um wieder in ihrem erlernten Beruf arbeiten zu können.

Durch neue und fortschrittliche Therapie- und Behandlungsmöglichkeiten in der Rehabilitation war die Klinik für die ganze Umgebung und für den Ort von großer Bedeutung.

An einem heißen Augusttag 1972 saßen wir in den Verwaltungsräumen des Krankenhauses. Der Direktor und der Verwaltungsleiter verwickelten uns in ein entspanntes Gespräch:

„Also, Zwillinge in unserer Verwaltung, das hatten wir noch nie. Und wie hält man Sie auseinander? Wer ist denn nun wer? Das kann ja lustig werden", waren ihre Bedenken. „Machen Sie dann auch keinen Scherz mit uns und tauschen Ihre Arbeitsplätze?", fragten sie.

„Sie werden uns schon bald auseinander halten können. Warten Sie es ab. Das ist gar nicht so schwierig", antworteten wir.

Es dauerte nicht lange und die Post brachte uns die erhoffte Nachricht.

Hurra! Wir wurden eingestellt und verlegten unseren Wohnsitz in das liebliche Albtal.

Am 1. September 1972 zogen wir mit Sack und Pack in eine Wohngemeinschaft mit zwei jungen Frauen und lernten von nun an den aufregenden Alltag einer besonderen Klinik kennen.

Für uns begann ein neuer Lebensabschnitt. Ein einschneidender Lebensabschnitt.

Freundschaft schlossen wir mit Peter und Richy, die beide durch Unfälle querschnittsgelähmt waren. Wir lernten, die Rollstuhlfahrer in unserem Auto zu befördern, und erlebten, wie die jungen Männer trotz Behinderung ihr Leben positiv meisterten.

Täglich wurde uns bewusst, wie schnell sich das Leben ändern kann und welches Leid viele Menschen tragen müssen.

Aber dadurch verloren wir unsere Freude nicht. Freude am Leben, Freude an der Arbeit.

„Ich habe eine Wohnung für Sie beide", teilte mir der Wohnungsverwalter der Klinik nach kurzer Zeit mit. „Dr. H. verlässt für ein Jahr das Krankenhaus, um sich fortzubilden, und er würde für diese Zeit Ihnen gerne seine Wohnung samt Möbeln überlassen. Wenn Sie möchten, schauen Sie sie sich doch mal an!"

Ja, wir mochten.

Eine gemütliche Dachwohnung, praktisch und nett mit hülsta-Möbeln eingerichtet. Sie passte für uns. Der Neid, besonders unserer Freundinnen, die noch im Elternhaus lebten

und uns neugierig besuchten, war unver-
kennbar.

An den Wochenenden fuhren wir zu Ma nach
Wiesental. Randvoll mit Klinik-Erlebnissen
erzählten wir ihr von unserem Alltag. Und sie
hörte gerne zu.

„Ein Kind wurde von einem Auto angefahren
und schwer verletzt in die Klinik eingewie-
sen!"

„Stell dir vor, Peter, der Rollstuhlfahrer, ist
zum ersten Mal alleine per Bahn nach Hause
gefahren. Der Oberarzt lobte seine Leistung in
den höchsten Tönen."

„Mein Chef war mal wieder cholerisch, weil
die Arbeit so viel war. Und dann gab es auch
noch etwas zu feiern. Dr. F. hatte Geburtstag
und wir waren eingeladen."

Mit den Erzählungen solcher dramatischer
wie banaler Ereignisse machten wir unseren
Herzen Luft.

Obwohl wir gar nicht so weit von Ma entfernt
wohnten, wurde ihr schmerzlich bewusst,
dass ihre beiden Jüngsten nun nicht mehr zu
Hause leben wollten. Sie war jetzt endgültig
allein.

Das Arbeitsklima in der Klinik war ausgezeichnet. Resi und ich arbeiteten so gerne dort, dass wir uns abends schon wieder auf den nächsten Tag, auf unsere Arbeit und die abwechslungsreichen Erlebnisse, aber vor allem auf die Kontakte mit den Menschen freuten.

Das Krankenhaus war nicht nur Arbeitsstelle, es war ein Teil unseres Lebens. Freundschaften wurden geschlossen und alle in der Klinik kannten die Zwillinge. Wo sich Resi und Anni aufhielten, waren sie im Mittelpunkt. Geschätzt und beliebt fühlten wir uns dort rundum wohl.

Anlässe zum Feiern gab es genug. Schließlich hatte ich einen trinkfreudigen Vorgesetzten, der jede Gelegenheit nutzte, um diese mit Alkohol zu begießen. Nicht selten begann dies schon am Nachmittag. Getränke waren ausreichend vorhanden. Mangelte es doch einmal an etwas, dann bat er mich: „Fräulein Martus, holen Sie mal eine Flasche Sekt", gab mir Geld und ich tat, was er wünschte. Meist blieb es nicht bei einer Flasche. Großzügig und spendabel, wie er sich immer zeigte, forderte er seine Mitarbeiter auf: „Also, trinken Sie doch noch." „Aber bitte nur halb voll", wehrte ich mich. „Sie meinen aber die obere Hälfte", war darauf immer seine Antwort.

Unser sorgloser Umgang mit Alkohol wurde geduldet, aber auch von manchen mit Besorgnis wahrgenommen. Auch ich stellte fest, dass mein täglicher Alkoholkonsum nicht gut war. Nach einer Feier äußerte ich einmal meine Bedenken.

„Das ist jedem seine eigene Sache, wie viel er trinkt", gab man mir lapidar zur Antwort und wischte meine Sorge vom Tisch. Damit war die Angelegenheit erledigt.

Pflichtbewusst und zuverlässig, wie die meisten waren, wurde die Arbeit am nächsten Tag nachgeholt, auch wenn dies mit Überstunden verbunden war. „Wo geschafft wird, darf auch gefeiert werden", war ein oft gehörter Spruch.

*

In der Klinik wurden Resi und ich ständig verwechselt.

Wenn ein Vertreter mein Büro verließ und danach ahnungslos meine Schwester auf dem Flur traf, war er sichtlich verwirrt. „Ich war doch eben bei Ihnen im Büro, jetzt sind Sie hier?" „Nein, nein ich bin die Zwillings-schwester!" „Das ist ja interessant", staunte er.

Interessant! Natürlich muss jeder, der unvor-bereitet auf zwei scheinbar gleiche Exemplare des normalerweise so einzigartigen Menschen stößt, das interessant finden.

Solche Begebenheiten gab es immer wieder. Auch am Telefon. Unsere Stimmen ähnelten sich sehr. Es kam vor, dass Gesprächsteilneh-mer aufgeklärt werden mussten, weil irrtüm-lich ein Gespräch bei Fräulein Martus in der Personalabteilung anstatt bei Fräulein Martus in der Wirtschaftsabteilung gelandet war.

Meistens amüsierte es uns, manchmal hatten wir aber auch die Nase davon voll.

Egal, wo wir hinkamen, wir fielen auf, die Leute drehten sich nach uns um und tuschel-ten: „Oh, Zwillinge, hast du gesehen? Die sehen sich aber sehr ähnlich!"

Das hörten wir oft. Doch irgendwann erträgt man das nicht mehr. „Mich nervt dieses Ge-gaffe. Können die Leute dies nicht mal las-sen?", fragten wir uns. Ärger kam in uns hoch.

Die innere und äußerliche Entwicklung unse-rer eigenen Persönlichkeiten war in vollem Gang und das war uns sehr wichtig. Beide waren wir Individuen und wollten von der Umwelt auch als solche wahrgenommen werden, anstatt dauernd hören zu müssen, dass man uns unmöglich unterscheiden könne.

*

Unsere Verbundenheit erfuhr Risse, sobald ein Mann zwischen uns trat. Die Zwillingsschwester rückte dadurch an die zweite Stelle, so sehr wir uns auch Mühe gaben und einander das Glück gönnten. Unbewusst hatten wir Angst, die geliebte Schwester zu verlieren. Da war wieder das starke, unsichtbare Band, das uns vereinte, weil ein Zwilling ein Teil des anderen ist.

Resi hatte im Krankenhaus Gerhard kennen gelernt, der sehr stark an unserem Leben teilnahm. Eifersüchteleien und Spannungen schlichen sich ein.

„Wird Gerhard heute Abend wieder kommen oder sind wir mal allein?", fragte ich. „Ja, klar wird er nach Dienstschluss kommen", antwortete sie.

„Mich ärgert das. Ständig ist noch jemand in unserer Wohnung. Mal im Bad, mal in der Küche. Soll das jetzt so bleiben?", fragte ich.

Nein, so sollte es nicht bleiben. Trotz der lustigen Abende, trotz der schönen Stunden mit

Gesprächen und Geselligkeit, trotz gemeinsamer Unternehmungen und Ausflüge.

In unseren Herzen wussten wir, dass die Zeit unserer räumlichen Trennung gekommen war. Doch die Umsetzung brauchte noch etwas Zeit.

*

Das Jahr in der Arzt-Wohnung war zu Ende und wir mussten wieder einmal umziehen. Im Nachbarort fanden wir eine Zweizimmerwohnung, steuerten gebrauchte Möbel bei und richteten uns gemütlich ein. Ein Wohlgefühl wollte sich aber nicht einstellen. Die Vermieter waren „anständige" Bürger, beobachteten mit Argwohn unser und anderer Leute Kommen und Gehen und waren mit vielen Dingen nicht einverstanden.

Was sollten wir da noch? Nach einem halbjährigen Gastspiel zogen wir gerne aus dieser Bleibe wieder aus.

Das Frühjahr 1974 brachte dann die Veränderung. Wir lösten unsere gemeinsame Wohnung auf. Resi fand Wohnraum in Langensteinbach, mein Weg führte in den Nachbarort Ittersbach.

Als Untermieterin zog ich in das Haus eines sympathischen Ehepaares, von dem ich herzlich aufgenommen wurde. Damit begann für mich ein neuer, bedeutender Lebensabschnitt.

Wir brachten gemeinsam meine Habseligkeiten dorthin, schließlich musste ich meiner Zwillingsschwester das neue Heim zeigen.

„Ja, wer zieht denn jetzt bei mir ein? Ich kann Sie gar nicht unterscheiden", waren die Worte des Hausherrn. Zum ersten Mal sah er uns nebeneinander und war sichtlich überrascht.

Es dauerte nicht lange und zwischen meinen Vermietern und mir entwickelte sich ein vertrauensvolles, familiäres Verhältnis.

Unser schnittiges Auto, einen gelben Ford Capri, hatten wir bis dahin geteilt – das blieb auch so. Irgendwie ging das immer. Teilen waren wir von Kindesbeinen an gewöhnt.

*

So begann mein Single-Leben, ein seltsames Gefühl des Alleinseins beschlich mich. Die neue Umgebung, fremde Menschen, niemand, dem ich sofort etwas erzählen konnte. Anfangs fiel es mir nicht leicht, mich dort wohl zu fühlen.

Schon nach der ersten Nacht in meiner neuen Unterkunft, es war der 1. Mai 1974, bekam ich in der Frühe Besuch von Resi, die mir eiligst von dem Mai-Scherz, den sich Jugendliche an unserem Auto erlaubt hatten, erzählen musste.

Die seelische Verbindung endete nicht mit unserer räumlichen Trennung. Mit der Zeit merkten wir aber, dass diese Trennung uns und unserer Selbständigkeit gut tat. Oder war sie es gerade, die unsere tiefe Zusammengehörigkeit spürbar werden ließ?

Einmal musste Resi ins Krankenhaus. Eine Mandeloperation stand ihr bevor. Nichts Schlimmes und doch teilte ich mit ihr ihre kleinen Ängste.

An einem Vormittag während ihres Krankenhausaufenthaltes wurde mir ganz überraschend und aus unerklärlichen Gründen unwohl. Ich musste mich öfters übergeben und war unfähig, meine Arbeit fortzusetzen. In meiner Übelkeit ließ ich alles stehen und liegen und ging nach Hause. Am Nachmittag bereits besserte sich mein Zustand wieder. Was war das denn?

Bis zum Abend fühlte ich mich wieder fit und besuchte Resi im Krankenhaus. Sie war bereits operiert, was ich vorher aber nicht wusste.

Im Jahre 1975

Während unserer Unterhaltung stellten wir fest: Genau zu dem Zeitpunkt, an dem es mir so schlecht ging, war Resi operiert worden.

Da war wieder das starke, unsichtbare Band, das Zwillinge vereint.

Oder ein anderes Beispiel: Nachdem ich eine schwierige Untersuchung beim Arzt überstanden hatte, fuhr ich sofort zu Resi, um ihr genauestens davon zu berichten. In diese Unterhaltung platzte ihr Freund Gerhard und sie – nicht ich - erzählte ihm meine Krankengeschichte, so als hätte sie diese erlebt.

*

Unser Leben gefiel uns und wir empfanden es als einen Schatz, auch getrennte Wege zu gehen, aber tagsüber unter einem Dach zu arbeiten.

Es war nie abgesprochen, dennoch eine Selbstverständlichkeit, dass der erste Telefonanruf am Morgen der Schwester galt. „Hallo, wie geht es Dir? Warst Du gestern Abend noch weg?" „Ja, und ich bin heute schrecklich müde! Du vielleicht auch?" „Ja, trotzdem schönen Tag. Tschüüss."

Belanglose Frage- und Antwort-Gespräche. Für uns waren sie wichtig.

Endlich kam der Frühling des Jahres 1975. Draußen erwachte die Natur und jeder erfreute sich an der schönen Jahreszeit.

Viele Tage schon hatte ich ein seltsames Gefühl und machte mir Gedanken, die ich bis dahin nicht kannte. Jeden Abend verließ ich meinen Schreibtisch im Wirtschaftsbüro des Krankenhauses ordentlich und aufgeräumt. Ich dachte: Falls ich in der nächsten Zeit einmal krank werden sollte, muss jeder meinen Platz übersichtlich vorfinden, damit die Arbeit unproblematisch weitergehen kann. Das war mir sehr wichtig.

*

Montag, der 14. April 1975: Ein gewöhnlicher Tag. Nichts Aufregendes, nichts Besonderes. Es war einer dieser sonnigen, warmen Frühlingstage, die man festhalten möchte und an denen man fühlt, jetzt ist endlich der Frühling da.

Feierabend und heraus aus dem Büro! Raus in die Frühlingsluft und den restlichen Tag genießen. Resi wollte an diesem Abend noch mit Kollegen und Gerhard ausgehen und brauchte dazu unser Auto.

Kein Problem! Aber sie musste mich am nächsten Morgen zur Arbeit abholen. So war unsere Abmachung und so hatte es mit der Doppelnutzung unseres Autos immer geklappt.

Ohne nennenswerte Ereignisse klang dieser Tag ruhig für mich aus.

Am nächsten Morgen kam sie pünktlich in Ittersbach an. Kein Hauch von Frühling mehr. Es war trübe, regnerisch und kalt. Ich wartete bereits und wollte, als sie anhielt, zum Beifahrersitz gehen. Sie stieg aber aus und forderte mich auf: „Fahr du."

Das Autofahren war nicht ihre Stärke. Sie hatte es immer lieber, wenn ich am Steuer saß. Lange vor diesem Morgen war es einmal während einer gemeinsamen Autobahnfahrt zu einer kritischen Überholsituation gekommen, die ich sehr gut gemeistert hatte. „Also Mensch, klasse, wie du fährst", lobte sie mich danach. Ihre Worte taten mir sehr gut, denn sie zeigten mir ihr völliges Vertrauen. Vielleicht auch, weil ich hier einmal die Stärkere von uns war.

Nachdem sie gesagt hatte: „Fahr' du", nahm Resi auf dem Beifahrersitz Platz und wir starteten in Richtung Arbeitsstelle Krankenhaus.

Etwa 500 Meter vor dem Ziel endet meine Erinnerung. Von da an weiß ich nichts mehr.

Jemand hielt mir eine Brechschale an den Mund. Das ständige Erbrechen war sehr anstrengend, weil ich mich überhaupt nicht bewegen konnte. Und außerdem durfte längst aller Mageninhalt draußen sein. Alles, was ich wahrnehmen konnte, waren Menschen um mich herum, über mich gebeugt, weiß gekleidet und viele Apparate mit sonderbaren Geräuschen.

*

Aus dem Befund des Ambulanzarztes am Unfalltag:

Die Patientin ist nicht ansprechbar, zeigt nur Reaktion auf starke Schmerzreize. Die Pupillen reagieren seitengleich auf Licht und Konvergenz. Mehrere Gesichtswunden. Bei Kompression des Brustkorbes zeigt die Patientin erhebliche Schmerzreaktion.

In der Mitte des rechten Oberarmes besteht eine abnorme Beweglichkeit und Knochenreiben. Das rechte Sprunggelenk ist bajonettförmig verformt, die Haut ist an mehreren Stellen durch Knochenfragmente durchspießt. Es besteht eine abnorme Beweglichkeit im distalen Schienbein rechts. Das rechte Knie ist geschwollen, über der Kniescheibe lässt sich ein Knochenreiben tasten.

Die erste nervenfachärztliche Kontrolle erfolgte gegen 10.30 Uhr am Unfalltag:

Die Patientin befindet sich noch im Unfallschock. Sie ist bewusstseinsgetrübt, sichere Zeichen für neurologische Ausfälle finden sich jedoch nicht. Bei einer Kontrolluntersuchung gegen 17.15 Uhr ist die Bewusstseinslage unverändert, auch jetzt ergaben sich keine Anhaltspunkte für neurologische Ausfälle, jedoch muss aus der Bewusstseinslage bereits auf eine Hirnsubstanzschädigung geschlossen werden.

Röntgen-Ergebnis am Unfalltag:

Quere Schaftfraktur in Oberarmknochenmitte mit starkem Achsenknick.

Frakturen der 3. bis 5. Rippe rechts mit Ausbildung eines massiven Pneumothorax rechts.

Vorderkantenabsprengung am 2. Halswirbelkörper.

Am rechten Kniegelenk mehrere knöcherne Absprengungen.

Bimalleoläre Luxationstrümmerfraktur, das distale Schienbeinende ist vollkommen zertrümmert. Schräge Wadenbeinfraktur im mittleren Drittel.

Hirnsubstanzschädigung im Sinne einer Contusio cerebri.

Multiple Prellungen und Schürfwunden.

Fräulein Martus wurde am Unfalltag stationär auf die Intensivstation aufgenommen. Primäre Behandlung der Schocksituation. Mehrfache Pleurapunktion wegen des Pneumothorax. Da die Patientin primär nicht operationsfähig war, wurde die bimalleoläre Luxationsfraktur in Lokalanästhesie manuell reponiert und durch eine Fersenbeindrahtextension auf einer Schiene fixiert. Der rechte Oberarm wurde auf einer Schiene ruhig gestellt.

Fahrt von Zwillingen endete mit Tod einer Schwester:

Nicht mehr zu retten war die eine Schwester der 22-jährigen Zwillinge, die gestern um 7.35 Uhr am südlichen Ortseingang von Karlsbad-Langensteinbach mit ihrem Personenwagen frontal gegen einen auf der K 3558 quer stehenden Lkw prallten. Von den Folgen des Unfalls wurde die Beifahrerin am stärksten betroffen, die noch an der Unfallstelle ihren schweren Verletzungen erlag. Noch immer in Lebensgefahr schwebt ihre Schwester, die sofort ins Rehabilitationskrankenhaus Karlsbad eingeliefert worden war. Nach den Ermittlungen kam es zu dem Zusammenstoß, als der Lkw auf der K 3558 rangierte, um auf den in der Nähe liegenden Parkplatz zu gelangen, wo er bereits zuvor gestanden hatte. Ein Funkauftrag rief ihn jedoch nochmals an diese Stelle zurück, weil er eine dort abgestellte leere Müllkippe mitnehmen sollte. Der 24-jährige Fahrer erlitt einen Schock. Die Polizei entnahm ihm eine Blutprobe und stellte den Lkw wegen technischer Mängel sicher. Der Sachschaden beläuft sich auf 8.000 DM. Eventuelle Zeugen bittet die Verkehrsunfallaufnahme Karlsruhe Tel. 136283 um Hinweise.

(„Badische Neueste Nachrichten" vom 16. April 1975)

An tödlichem Unfall beteiligter Lkw war frei von technischen Mängeln:

Zu der Unfallmeldung vom 16. April „Fahrt von Zwillingen endete mit Tod einer Schwester", in der es u.a. hieß, der am Unfall beteiligte Lkw sei von der Polizei wegen technischer Mängel sichergestellt worden, will Rechtsanwalt K., Karlsruhe, im Auftrag der von ihm vertretenen Firma Baumaschinen M., Karlsbad, folgendes richtig stellen: Die Landespolizei stellte den Lkw nicht wegen technischer Mängel sicher, sondern hatte sowohl den Pkw als auch den Lkw sichergestellt, um zu überprüfen, ob technische Mängel vorhanden sind. Der Lkw selbst ist am Donnerstag, den 10. April 1975, also fünf Tage vor dem Unfall, durch den Technischen Überwachungsverein der gesetzlich vorgeschriebenen Hauptuntersuchung unterzogen worden, hierbei wurde festgestellt, dass der Lkw ohne technische Mängel an Fahrgestell, Bremsen ... war.

(„Badische Neueste Nachrichten" vom 18. April 1975)

Die Nachricht über den Verkehrsunfall der Zwillinge in unmittelbarer Nähe des Rehabilitationskrankenhauses verbreitete sich wie ein Lauffeuer. In der Klinik herrschte große Aufregung, niemand wusste etwas Genaues.

Bei der Einlieferung konnte jeder, der sich in der Nähe der Krankenhaus-Ambulanz aufhielt, die Schreie einer Verletzten hören, die diese im lebensgefährlichen Schockzustand von sich gab.

In der ganzen Aufregung war eine Zeit lang unklar, welche der Schwestern tot war.

Wurden wir auch da verwechselt?

Unbeweglich lag ich in einer Somnolenz, einer Form der Bewusstseinsstörung, einem schläfrigen Zustand, aus dem der Betroffene aber durch äußere Reize noch zu wecken ist.

Ich spürte Schmerzen an meinem ganzen Körper und musste immer wieder erbrechen.

Mein rechtes Bein war bis zur Leiste eingegipst und ich konnte meinen rechten Arm nicht bewegen. Der Rücken, der Kopf und mein Gesicht schmerzten, das Atmen fiel mir schwer.

In der Nacht wurde ich alle drei Stunden vom Pflegepersonal auf eine andere Seite gedreht. Ich hörte die Stimme einer jungen Frau, die sich als Schwesternschülerin vorstellte und mir während ihrer Nachtwache eine Geschichte vorlas, obwohl ich deren Inhalt nicht aufnehmen konnte. Verschwommen sah ich nur die Umrisse einer Frau mit einem Buch in der Hand.

Immer wieder wurde ich mit den vereinten Kräften des Pflegepersonals auf eine kalte Liege oder auf ein anderes Bett gelegt. Über mir große Röntgenapparate. Diese Prozedur musste ich mehrmals täglich über mich ergehen lassen.

Warum ließ man mir keine Ruhe?

Ich wollte nur schlafen! Schlafen!

Die ersten drei Tage nach dem Unfall hing mein Leben an einem seidenen Faden. Es waren Tage des Hoffens und Bangens, Tage, an denen niemand wusste, ob ich diese überleben werde.

„Fräulein Martus, Sie hatten einen schweren Autounfall und liegen auf der Intensivstation des Krankenhauses", teilte mir der Oberarzt mit. „Wenn Sie die kommende Nacht überstehen, dann sind Sie über den Berg", erklärte er am dritten Tag. Im Dämmerzustand sah ich wieder einen Arzt über mich gebeugt. Er trug Mundschutz und seine Stirn war voller Schweißperlen.

Angestrengt und hochkonzentriert führte er seine Arbeit aus. Und er beschrieb, was er machte. „Anni, ich nehme jetzt bei Ihnen in der linken Armbeuge eine Venea sectio vor."

Eine Venea sectio ist die chirurgische Freilegung und Öffnung einer Vene zum Einlegen eines Katheters.

Am 21. April 1975 erfolgte die operative Fixierung der Oberarmschaftfraktur durch Küntschernagelung. Am 30. April waren die Schwellung am rechten Sprunggelenk soweit zurückgegangen und die Wunden abgeheilt, dass eine Osteosynthese des Trümmerbruches durchgeführt werden konnte. Dabei gelang es, die zerstörte Sprunggelenkfläche fast anatomisch wiederherzustellen. Anschließend erfolgte die Ruhigstellung des Sprunggelenks mit einem Unterschenkel-Liegegips.

Nach dieser komplizierten Operation am Sprunggelenk erwachte ich mit starken Schmerzen aus der Narkose.

Noch benebelt und schläfrig registrierte ich den Oberarzt und teilte ihm verzweifelt mit, dass ich sehr große Schmerzen habe. „Das ist kein Wunder, wir haben Sie auch vier Stunden operiert und Ihr Sprunggelenk wieder zusammengeflickt", war seine Antwort.

„Warum hat mich meine Zwillingsschwester noch nicht besucht? Man muss ihr sagen, dass ich im Krankenhaus liege! Resi weiß das ja gar nicht." Flehentlich waren meine Worte, als ich mich mühsam, aber einigermaßen verständlich mitteilen konnte.

„Bitte rufen Sie doch in ihrem Büro an. Sie muss doch da sein", bat ich besorgt. „Ja, ja, ich werde anrufen", versprach mir der Pfleger.

„Haben Sie meine Schwester angerufen?"

„Ich habe angerufen, aber sie hat sich nicht gemeldet", war seine Antwort.

„Wo kann sie nur sein? Ich liege im Krankenhaus und Resi war noch nicht hier? Merkwürdig", dachte ich. „Bitte rufen Sie doch noch mal an. Die Nummer ist 246."

„Ja, wir rufen noch mal an", lautete wieder die Antwort.

Die Zeit verging. Ich wusste weder Tag noch Stunde.

Den Wechsel von Tag und Nacht konnte ich nur daran erkennen, dass der Krankenhausbetrieb in der Nacht ruhiger war.

„Warum kommt Resi nicht?", fragte ich wieder. „Wir haben angerufen, aber sie meldete sich nicht."

Was ist heute für ein Tag und welches Datum haben wir?" „Es ist Samstag, der 19. April 1975", gab jemand zur Antwort.

„Vielleicht sterbe ich, vielleicht ist das mein Ende?" Diese Gedanken gingen mir andauernd durch den Kopf.

„Ich möchte den Krankenhauspfarrer sprechen", bat ich, ohne zu wissen, was ich überhaupt von ihm wollte. Der Krankenhausseelsorger Pfarrer Holzhauer stand an meinem Bett. Habe ich überhaupt geredet oder geschlafen? Hat er mich getröstet oder fehlten ihm die Worte?

Ich erinnere mich nicht mehr.

*

Ich konnte nicht wissen, dass zu gleicher Stunde meine Zwillingsschwester Resi auf unserem Heimatfriedhof in Wiesental im Grab unseres Vaters beigesetzt wurde.

Ich konnte noch nicht wissen, mit wie viel Leid, Sorge und Kummer unsere Ma, die Geschwister und alle Familienmitglieder belastet waren.

„Was möchten Sie gerne essen", wurde ich von einem Pfleger gefragt. „Es ist Wochenende und die Krankenhausküche ist dünn besetzt, trotzdem möchten wir Ihnen einen Wunsch erfüllen."

Prompt kam meine Antwort. Ich hatte Appetit auf einen „Hawaii-Toast". Hawaii-Toast! Wunderbar! Es tat mir gut, die Frische und den Geschmack der Ananas-Scheibe im Mund zu spüren. Mit Geduld wurde mir Stück für Stück auf die Zunge gelegt.

„Ich möchte gerne mein Kirchengesangbuch und ‚Lektüre für Minuten' von Hermann Hesse hier haben. Bitte lassen Sie es holen", bat ich den Krankenpfleger.

Auch dieser Wunsch wurde mir schnellstens erfüllt, obwohl ich weder ein Buch halten noch darin blättern oder lesen konnte.

Mein Blick glitt immer wieder über diese beiden Bücher neben mir, aber sie waren unerreichbar. Der rechte Arm war mit einer Schiene ruhig gestellt, über den linken Arm erhielt ich ergänzend zur oralen Ernährung eine Infusionstherapie.

Draußen kam der Frühling auf Touren, die warmen Sonnenstrahlen erreichten auch die Fenster der Intensivstation. Das Pflegepersonal meinte es sehr gut mit mir und stellte mein Bett immer wieder so, dass auch mich der Sonnenschein erreichen konnte. Die Wärme, das Licht und die Fürsorge taten mir gut.

War ich eine besondere Patientin?

*

Inzwischen war eine Woche seit dem Unfall vergangen. Noch immer hatte mich Resi nicht besucht. Noch immer lag ich im Intensivzimmer und die Ärzte und das Pflegepersonal schwirrten um mich. Ich spürte eine allgemeine Unruhe.

Dann traten die anwesenden Schwestern in den Hintergrund und der Chefarzt stand alleine am Fußende meines Bettes:

„Fräulein Martus, Sie wissen, Sie hatten einen schweren Autounfall. Ihre Schwester, nach der Sie immer wieder fragen, hat die Verletzungen nicht überlebt." Stille.

Durcheinander in meinem Kopf. Keine klaren Gedanken. Ich begriff nichts!

Leere – Leere – Leere!

Leere in meinem Kopf!

„Wann komme ich endlich aus diesem Intensivzimmer", fragte ich ungeduldig, doch ich wurde immer wieder vertröstet. Es gab Komplikationen mit dem Pneumothorax.

Der Pneumothorax ist die Ansammlung von Luft zwischen beiden Schichten des Lungenfells und führt zu teilweisem oder komplettem Kollaps eines Lungenflügels.

Der Oberarzt kam an mein Bett: „Ich muss Sie noch einmal punktieren. Der Pneumothorax macht uns noch immer Sorgen. Danach muss ihre Lunge wieder geröntgt werden und dann werden wir entscheiden, ob wir Sie auf die Normalstation verlegen können. Haben Sie noch etwas Geduld."

Woher sollte ich nur die Geduld nehmen?

Um Gottes Willen woher?

*

Nach langen 13 Tagen durfte ich endlich das Intensivzimmer verlassen und wurde auf die Normalstation der Orthopädisch-Traumatologischen Abteilung verlegt.

Ich war sehr gespannt, als mich eine Krankenschwester in ein Zweibettzimmer der Station NC 10 schob. Dort erwartete mich ein 13-jähriges Mädchen namens Claudia. Nach dem ersten Kennenlernen erzählten wir uns gegenseitig unsere Krankengeschichten. Claudia war ein nettes, sympathisches Mädchen, das bereits an der Hüfte operiert war und diese nicht belasten durfte.

Damit verband uns ein ähnliches Schicksal. Beide konnten wir das Bett nicht verlassen.

Der Krankenhausalltag nahm seinen Lauf. Er war alles andere als langweilig.

Für mich aber begann eine schwere Zeit.

Claudia wurde immer fröhlicher, denn seit sie mich als Bettnachbarin hatte, wurden für sie die öden Tage interessanter. Durch mich und meinen Bekanntheitsgrad in der Klink kam Abwechslung in das Krankenzimmer.

Das fing schon in aller Frühe an.

Jeden Morgen, wenn der Speisenwagen mit dem Frühstück auf die Station gerollt wurde, klopfte es an der Tür, sie wurde einen Spalt geöffnet und die freundliche Stimme des Kollegen D. rief gut gelaunt: „Guten Morgen Fräulein Martus. Wie geht's?"

Und dann ging es Schlag auf Schlag.

Die Körperpflege im Bett war schwierig, denn ich war sehr unbeweglich und Hilfe konnte ich nicht erwarten. Ich sollte auch lernen, diese alltäglichen Dinge alleine zu bewältigen. Es passierten allerlei Missgeschicke, aber Claudia und ich fanden auch Tricks, um die Hilflosigkeit zu überlisten.

Nach dem Frühstück erhielt Claudia von einer dafür beauftragten Lehrerin Unterricht, damit sie während ihrer langen Krankenphase den Schulanschluss nicht verpasste.

Froh waren wir jedes Mal, wenn die Arzt-Visite unser Zimmer verließ. Der weiße Tross begutachtete uns und stellte manchmal komische Fragen. Große Aufregung herrschte vor der wöchentlichen Chefarzt-Visite. Da niemand wusste, wann der große Meister kam, mussten die Krankenzimmer ansprechend aussehen. Und die Patienten auch.

„Das haben wir für heute hinter uns", stellten wir erleichtert fest, wenn wieder ein „Programmpunkt" geschafft war. Für Claudia und mich hieß es dann „abhaken".

Danach wurde es für mich ernst, denn in Form einer zierlichen Krankengymnastin kam der Schrecken auf mich zu. Täglich musste ein intensives krankengymnastisches Übungsprogramm am Krankenbett absolviert werden.

Die Therapeutin gab sich große Mühe, aber die Schmerzen konnte sie mir nicht nehmen. Manchmal war ich den Tränen nahe, doch

ihrer Meinung nach sollte ich die Zähne zu-
sammenbeißen. Meine Befindlichkeit teilte sie
auch sofort dem Stationsarzt mit, der dann zu
mir kam und mich aufforderte: „Anni, Sie
müssen mitarbeiten und durchhalten, sonst
wird Ihr Arm steif bleiben."

Wut stieg in mir auf. Diese Weißkittel brachten mir nur Hiobsbotschaften.

Am Nachmittag stand Ergotherapie auf dem
Plan. Wieder praktische Übungen mit meinem
rechten Arm unter Anleitung einer Ergothe-
rapeutin.

Ergotherapie findet Anwendung bei Störun-
gen der Motorik, der Sinnesorgane und der
geistigen und psychischen Fähigkeiten.

Ich hasste diese Übungen, außerdem fiel es
mir immer schwerer, mit meiner Kranken-
haussituation umzugehen. Ich konnte meine
Lage nicht einschätzen.

In meiner Naivität glaubte ich, in aller kürzes-
ter Zeit entlassen zu werden.

Voller Ungeduld entwickelte ich mich offensichtlich zu einer schwierigen Patientin, ich
fand keine Ruhe, weder am Tag noch in der
Nacht.

Denn da schmiedete ich Pläne - Fluchtpläne
aus dem Krankenhaus.

In meiner regen Fantasie stellte ich mir vor, dass zwei Männer, die ich in den Plan eingeweiht hatte, mich über den Balkon des Krankenzimmers transportieren und durch das Gelände in die Freiheit tragen würden. Ich war fest davon überzeugt, dass das gelingen könne.

Natürlich wurde nie etwas daraus. Ich musste durchhalten.

*

„Wann werde ich entlassen?"

Zu diesem Zeitpunkt war diese Frage eigentlich überflüssig, doch mit etwas Mut wagte ich es, sie zu stellen.

Die Antwort waren Achselzucken und Unverständnis.

Dann kamen der Oberarzt und der Stationsarzt zu mir. Die Halbgötter in Weiß standen vor mir. Ich war fassungslos. „Na, wie geht es Ihnen? Fräulein Martus, wir müssen Ihnen sagen, dass Sie Ihr Bein drei Monate nicht belasten dürfen."

Völlig überraschend traf mich diese Mitteilung. Ich konnte keinen klaren Gedanken fassen.

Wahrscheinlich sahen sie an meinem Gesichtsdruck, dass es keines weiteren Wortes mehr bedurfte.

Meinen Tränen ließ ich freien Lauf.

Kurze Zeit später betrat Schwester Theda, eine Ostfriesin, unsympathisch und barsch, wie sie meistens war, das Krankenzimmer.

Sie traf mich verzweifelt an und fragte mich: „Fräulein Martus, möchten Sie vielleicht Musik hören? Oder kann ich sonst etwas für Sie tun?"

„Nein", wollte ich schreien.

„Nein", sagte ich leise.

Ich konnte mich nicht beruhigen.

„Also", befahl Schwester Theda, „Fräulein Martus, nun reißen Sie sich doch mal zusammen. Wir hätten Sie ja auch auf der Straße liegen lassen können!"

Worte, die wie Schläge waren!

Schläge in mein Gesicht, Schläge auf meine Seele.

„Alle Einwirkungen auf den Körper haben auch seelische Auswirkungen und alle seelischen Einflüsse ergreifen auch den Körper."

Dr. med. J. Reiner

*

Langsam ging es dem Sommer entgegen.

Das Krankenzimmer war ein Taubenschlag. Viel zu eng für die vielen Besucher und den mit Blumen ständig überfüllten Tisch.

Eines Tages kam der Chefarzt mit einer Gruppe junger Frauen und Männer zu mir:

„Anni, die Damen und Herren sind Medizinstudenten aus Heidelberg. Erzählen Sie denen doch mal Ihre Krankengeschichte." Unvorbereitet wurde ich mit einer ungewohnten Situation konfrontiert. Erst sprach ich etwas leise und unsicher. Ich musste von meinen Verletzungen erzählen und dabei auch Resis Tod erwähnen. Das ging nur, weil ich diesen nicht an mich heranließ und vor mir fremde Personen standen. Interessiert hörten sie zu und stellten zwischendurch schüchtern ihre Fragen. Aus der anfänglichen Spannung wurde eine lockere Unterhaltung, die wir lachend beendeten.

Als sie wieder gingen, war ich erleichtert. Die Studenten vielleicht auch.

Die Besuche von Kolleginnen und Kollegen, Freunden, Freundinnen, von Ma und der ganzen Familie wurden für mich belastend. Menschen standen an meinem Krankenbett, die ich lange Zeit nicht mehr gesehen hatte. Oft kamen viele gleichzeitig.

Jeder Besuch war gutgemeint, doch nicht selten wurde es mir zuviel. Das wollte ich aber nicht zeigen.

Manchmal dachte ich: „Sie sprechen zu mir, aber nicht mit mir."

So auch mein damaliger Vorgesetzter. Erst einige Wochen nach dem Unfall ließ er sich blicken und brachte, wohl zur Unterstützung, den Leiter des Rechnungswesens mit. Sonst in ihrem Alltag wortgewandt und clever waren die beiden Männer, die in der Klinik Leitungspositionen innehatten, offensichtlich unsicher. Vor mir überspielten sie dies mit viel Gelächter. Beide redeten sie peinlichen Unsinn, machten anzügliche Witze und waren erleichtert, als sie wieder gehen konnten. Anscheinend waren sie mit dieser Situation überfordert. Ihr taktloses Verhalten hinterließ bei mir einen bitteren Nachgeschmack.

Es war ihr einziger Besuch während meiner langen Krankenphase.

Sehr erstaunte mich die Anteilnahme des Chefarztes Professor Rossak. Er war Ärztlicher Direktor und damals ein bekannter, vielbeachteter Chirurg. Auch mich hatte er operiert. Es kam vor, dass er abends, ehe er die Klinik verließ, kurz zu mir kam und sich nach meinem Befinden erkundigte. Dies war sicher ungewöhnlich und deshalb war darüber auch das anwesende Pflegepersonal überrascht.

„Du hattest Besuch vom Chef", staunte Schwester Helga. „Das gab es ja noch nie!" Ich fühlte mich geschmeichelt.

Viele unwahre Gerüchte kamen in Umlauf und irgendwie erreichten sie auch mich. Ich hatte keine Kraft, die Dinge ins rechte Licht zu setzen und war müde von allem, was auf meiner Seele lag.

*

Ständig im Mittelpunkt und unter Beobachtung war ich in einer schwierigen Lage. Unbewusst verdrängte ich meinen seelischen Schmerz. Mein Verhalten nach außen stimmte nicht mit meiner inneren Stimmung überein.

Ein Schutzmechanismus in meiner Psyche verhinderte, dass ich meine Trauer zeigen konnte. Ich wäre sonst daran kaputt gegangen.

So verdrängte ich „erfolgreich" Resis Tod. Ich gab mich fröhlich, lachte, redete viel zu viel und war ganz und gar mit mir und meiner Situation beschäftigt.

*

„Anni, für Dich ist Besuch gekommen. Aber bitte nicht erschrecken", bereitete mich eines Morgens Schwester Yvonne vor. Zwei Polizisten betraten das Krankenzimmer und begrüßten mich höflich.

„Wir müssen Sie nach dem Unfallhergang befragen", sagte einer von ihnen. „Können Sie uns dazu etwas sagen?"

„Nein, ich kann dazu überhaupt nichts sagen. Ich weiß gar nicht, wie der Unfall geschehen ist", antwortete ich.

Einer von den beiden machte sich Notizen und beendete damit den kurzen Besuch. „Gut, dann wollen wir wieder gehen und wünschen Ihnen gute Besserung."

Von diesem Zeitpunkt an beschlichen mich Ängste. Ängste die ich bisher nicht bewusst wahrgenommen hatte.

Hatte ich einen Fahrfehler gemacht? Hatte ich Schuld?

„Fräulein Martus, seien Sie froh, dass Sie noch leben. Sie sind doch noch jung. Das wird schon wieder", meinte bei ihrem Besuch eine ältere Kollegin.

Sollten das tröstende Worte für mich sein?

Heißt jung sein: Alles geht leicht, alles geht schnell? Woher wollte sie denn wissen, dass ich froh bin noch zu leben?

„Sie werden irgendwann – nicht jetzt, auch nicht in absehbarer Zeit – sehen, dass dieses Ereignis eine große Lebenserfahrung für Sie war", sagte nach einer Untersuchung ein Neurologe zu mir. Diese Worte taten weh, sehr weh. In meinen Gedanken klatschte ich ihm eine Ohrfeige. Zu diesem Zeitpunkt waren seine Worte völlig fehl am Platz.

„Die Zeit heilt alle Wunden", auch diese alte Weisheit teilte mir jemand mit.

Worte - sie klangen wie Hohn in meinen Ohren.

Innerlich angegriffen konnte ich auf solche Plattitüden nicht antworten. Ich empfand nur Wut.

Hatte jemand verstanden, was solche „gut gemeinten" und „tröstenden" Worte in mir auslösten?

Konnte man verstehen, wie ich mich fühlte, wie zerrissen ich war, welche Last auf mir lag?

Ich glaube nicht!

Meine Gefühle waren Trauer, Hilflosigkeit, Ohnmacht.

Rat – los!

Bin ich rat – los?
Brauche ich Rat,
Menschen, die mir raten?
Raten, was ich tun,
wie ich mich verhalten muss?
Sie können mich erschlagen:
  die fertigen Antworten,
  die „wohlgemeinten" Ratschläge,
  die frommen Sprüche!
Was ich jedoch brauche:
Menschen, die zuhören,
  die mitdenken,
  die mitgehen,
  die da sind.
Menschen, die mich begleiten
  und geleiten
auf dem Weg und zu dem Weg,
der m e i n Weg ist.
Gott, schick' mir solche Menschen.
Und sei und bleibe Du mein Weg.

("Spuren des Reifens",
Gedanken von Klara Krepper-Müller)

Regelmäßig wurde ich von Ma besucht. Sie verwöhnte mich mit allerlei Köstlichkeiten, die sie mitbrachte. Doch meistens hatte ich keinen Appetit. Es war schwierig, mir eine Freude zu machen. Ma war jedes Mal enttäuscht.

Aus ihrer Sicht verhielt ich mich nach Resis Tod nicht angemessen und auch dem Pflegepersonal gegenüber nicht angepasst. „Du bist eine sehr nervige Patientin, du lässt denen gar keine Ruhe", warf sie mir vor.

Ich fühlte mich unverstanden. Unser Verhältnis zueinander war schwierig und ein Gespräch darüber nicht möglich. Unsere Gefühle gingen aneinander vorbei. Beide hätten wir gegenseitigen Trost gebraucht, beide konnten wir ihn uns nicht geben.

Ma war voller Trauer. Zum zweiten Mal in ihrem Leben war ihr ein Teil ihres Lebens durch einen Verkehrsunfall genommen worden.

In einem Telefongespräch mit mir drückte sie es so aus: „Weißt du, als Vater nach dem Unfall starb, das war sehr schlimm. Aber der Tod von Resi ist noch schlimmer. Das war eine Strafe Gottes! Das ist passiert, weil Gerhard geschieden war, diese Liebe sollte nicht sein."

Nur vier Monate vor dem Unfall hatte sich Resis Freund nach langer Trennung von seiner Frau scheiden lassen.

Ihre Verbitterung konnte Ma nie mehr ablegen. Seelisch verwundet und mit ihrer Trauer alleine entwickelte sie das Bild eines strafenden Gottes. Strafe für was?

Gerhard zerbrach fast am Tod seiner Freundin. Selten waren seine Besuche und oberflächlich unsere Unterhaltungen.

Wie schwer muss es für ihn gewesen sein, dass die Freundin starb, deren Schwester noch lebte, eine Schwester, die die Erinnerung an die Tote durch ihre Zwillingsähnlichkeit jeden Augenblick am Leben hielt.

Gab er mir unbewusst Mitschuld am Tod seiner geliebten Freundin?

Ich habe es nie erfahren.

Unsere Kontakte wurden immer seltener.

Von seinem Tod erfuhr ich durch die Todesanzeige in der Zeitung.

Nach fast drei Monate langem Krankenlager durfte ich endlich in den Rollstuhl.

Als ich zum ersten Mal das Bett verlassen konnte, versagte mein Kreislauf und ich wäre beinahe auf dem blanken Boden gelandet. Die Schwester konnte mich gerade noch auffangen und blieb bei mir, bis ich mich erholt hatte.

Das Rollstuhlfahren war gar nicht einfach. Ich musste es lernen. Immer wieder hörte ich: „Anni, Du musst einen Rollstuhl-Führerschein machen."

Zuerst rollte ich den Stationsflur hin und her, und als ich sicherer wurde, durfte ich auch die Station verlassen.

Plötzlich kannte ich mich in dem großen Klinkgebäude nicht mehr aus. Die Orientierung auf den vielen Fluren in den verschiedenen Trakten fiel mir sehr schwer. Einmal fand ich fast nicht mehr ins Krankenzimmer zurück.

Aber etwas war noch schlimmer.

Die Namen von vertrauten Personen, die ich auf meinem Weg traf, wollten mir nicht ins Gedächtnis kommen oder ich verwechselte sie.

Eine niederschmetternde Erkenntnis!

Die Rehabilitation zur Vorbereitung auf das Berufsleben und den Alltag mit einer Behinderung stand an. Für mich hieß es, die Berufstherapie zu besuchen. In der Klinik gab es eine „Übungsfirma". Dieses Großraumbüro leiteten die Patienten und tätigten dort alle anfallenden Büroarbeiten wie in der Berufswelt.

Nichts war mir so zuwider, wie diese Zeit dort. Ich erfand Entschuldigungen und Ausreden, um nicht teilnehmen zu müssen. Ich saß im Rollstuhl und wäre viel lieber im Bett geblieben, meine körperliche Belastbarkeit war noch sehr gering.

Der Sinn der Übung: raus aus der Lethargie, rein ins Arbeitsleben. Doch ich war mir sicher, solche Therapien brauche ich nicht. Zweimal war ich dort, dann nie mehr. Therapeuten kann man nichts vorspielen und so ließen sie mich auch gehen. Mein Sonderstatus kam wieder durch.

Ähnlich ging es mir in der Versuchsküche. Unter den sachkundigen Augen einer Beschäftigungstherapeutin kochte ich Gulasch und Nudeln und war froh, als es vorbei war. Das Kochen war gar nicht so schlimm, stärker war meine innere Abwehr. Ich konnte meine Situation nicht annehmen und dachte: Das ist etwas für die anderen, nur nicht für mich!

An einem Sonntag freute ich mich auf Ma's Besuch, denn ich konnte sie im Rollstuhl am Eingang überraschen. Endlich sah ich wieder menschlicher aus und wartete lange vor Beginn der Besuchszeit auf sie. Voller Freude und Stolz rollte ich ihr entgegen:

„Sieh mal, seit ein paar Tagen darf ich täglich für kurze Zeit in den Rollstuhl", berichtete ich strahlend.

Ma sagte lediglich „Ja" und hatte keine weiteren Worte für meinen Fortschritt.

*

Ein Lichtblick im tristen Krankenhausalltag war Stationsarzt Dr. Peter H. Ich brachte ihm viel Vertrauen entgegen, er hörte zu und war da, wenn es mir schlecht ging. Die vielen Eingriffe und Untersuchungen strapazierten meinen geschwächten Körper. Die Venen an den Armen gaben nichts mehr her und so musste das Blut aus einer Leistenvene genommen werden. „Ich kann es Dir leider nicht ersparen", bedauerte er. Jede Blutentnahme war eine Tortour. Nicht nur für mich!

Peter sprach offen mit mir über das Unfallgeschehen und half mir dadurch, mich selbst in meinen Verstimmungen wieder im rechten Licht zu sehen. Seinem Charme konnte ich mich nicht entziehen und bald entwickelte sich aus unserer gegenseitigen Sympathie eine Freundschaft und dann eine heimliche Verliebtheit – zwischen Arzt und Patientin nicht ganz unkompliziert, denn im Krankenhaus blieb nichts lange geheim. Überall lauerten Augen und Ohren. Doch wir genossen die Zeit, auch wenn wir uns nur während Peters Dienstzeit sahen. List und Tricks kann man überall anwenden.

Er verstand meinen sehnlichen Wunsch, für ein Wochenende das Krankenhaus zu verlassen. Nachdem ich ihn ständig damit gelöchert hatte, gab er nach: „Ehe Dein Krankenhauskoller noch größer wird, darfst Du an einem Samstag nach Hause. Du musst aber am Sonntagabend wieder in der Klinik sein."

„Ja, selbstverständlich", sicherte ich ihm zu.

Körperlich geschwächt und ohne Abwehrkräfte bekam ich an diesem Wochenende, auf das ich mich so sehr gefreut hatte, zu Hause eine schwere Angina.

Der diensthabende Arzt vom Ort wurde gerufen, ich hatte das Bett zu hüten. Insgeheim hoffte ich, nun nicht mehr in die Klinik zu müssen.

Doch da irrte ich mich. Ein Anruf genügte und ich wurde wieder einbestellt. „Bei uns ist

Anni auch mit einer Angina sehr gut aufgehoben", so Peters Worte.

Als ich ihm auf dem Stationsflur entgegen rollte, begrüßte er mich mit ausgebreiteten Armen: „Schön, dass Du wieder da bist."

Meine Freude hielt sich in Grenzen.

Für mich war dieser Ausflug eine Enttäuschung.

Als es mir wieder besser ging, drängte ich immer stärker auf meine Entlassung. Nun war ich nicht mehr zu halten. Doch alles hing vom Röntgenbefund der Lunge ab.

Dann teilte mir Peter die ersehnte Nachricht mit: „Deine Lunge ist in Ordnung, Du darfst nach Hause."

Doch wie sollte es weitergehen? Wie sollte ich mit meinen Behinderungen im Alltag zurecht kommen?

Ohne mein Wissen hatte Peter schon die Zeit nach dem Krankenhaus vorbereitet. Er hatte meine Vermieterin informiert und angefragt, ob sie sich vorstellen könne, für mich zu sorgen, mich zu verpflegen und bei allem behilflich zu sein. Unmissverständlich machte er ihr klar, dass es keine leichte Aufgabe werden würde. Vorbehaltlos stellte sie sich dieser Anforderung.

Und dann kam der Tag in die „Freiheit".

Nach dreimonatigem Krankenhausaufenthalt wurde ich endlich mit einem unförmigen Gehapparat, mit Krücken und den körperlichen Einschränkungen in mein Zuhause entlassen.

Freude und Angst wechselten sich ab.

Ich saß im Taxi und musste nun zum ersten Mal die Unfallstelle passieren.

Ich schlug die Hände vor das Gesicht und dachte: „Gott, hilf mir. Lass mich an dieser Stelle vorbei sein."

Mit der tiefsten Lebenserschütterung im Gepäck kam ich zurück und glaubte unbewusst, dass das Leben so weitergehen würde, nur ohne meine Zwillingsschwester.

Es ging aber nur die Zeit weiter.

Jetzt musste ich der Tatsache ins Auge sehen.

Resi war tot!

Ich fühlte mich unendlich einsam.

Ein Zweisein war unser Leben von Anfang an,
bis wir dem gleichen Schoß entsprangen.

So ähnlich von Gestalt teilten wir ergänzend unser
Tun und Fühlen.

Oh, du mein Zwillingsherz, nun hast du aufgehört zu
schlagen!

Es ist als schlug da nur ein Herz in uns.

Es ist, als fehlt ein Teil von mir oder ein Stück Mitte,
entrissen meiner Seele, meinem Sein und Sinn,
als ewige Wunde ich in quälender Schuld.

Es ist als starb ein Teil von mir.

Es ist als verlor ich meinen Schatten.

Weinend steh' ich vor dem Spiegel.

Wie schön, als dein Gesicht mir Spiegel war.

für Anni

von Christine Scholz

Fürsorglich und liebevoll wurde ich im Haushalt meiner Vermieter umsorgt. Gerade mal ein Jahr lang war ich vor dem Unfall ihre Untermieterin, doch unsere Freundschaft hatte sich in dieser Zeit schnell vertieft.

Die besondere Situation erforderte von uns dreien aber eine Umstellung. Ich war der Mittelpunkt, jetzt drehte sich der Alltag um mich. Da ich viel an Gewicht verloren hatte, wurde mir jeder Essenswunsch erfüllt, ich bekam Hilfe, wo nur nötig, und es wurde Rücksicht auf meine Stimmungsschwankungen genommen. Wir weinten und lachten, redeten bis tief in die Nacht und erheiterten uns an meinen Missgeschicken, die mir mit meinen Behinderungen immer wieder passierten.

Gott hatte mir Menschen auf den Weg gegeben, die für mich da waren und Geduld hatten. Obwohl sich Schwermut breit machte, war ich bemüht, dies nicht zu zeigen. Ohnmächtig war ich dem Gefühl der Leere und des Alleinseins ausgesetzt.

Es war ein heißer Sommer und auch ich wollte die Sonne genießen. Das Pflegepersonal hatte mich mit den Worten entlassen: „Du darfst mit deiner schweren Kopfverletzung nicht in die Sonne gehen."

„Ein bisschen Sonne wird schon nicht scha-
den", glaubte ich. Doch nach einem kurzen
Sonnenbad, ohne Kopfbedeckung, wusste ich,
warum sie mir davon abgeraten hatten: Ich
bezahlte es mit unerträglichen Kopfschmer-
zen.

Diese blieben mir als Folge des Unfalls bis
heute erhalten.

*

Meine Gefühle in der Zeit der Genesung glichen einer Achterbahn. Höhen und Tiefen
wechselten sich ab. Zu nichts nützlich und
ohne Perspektive, wie mein berufliches und
privates Leben weitergehen sollte, lebte ich in
den Tag. Ein tiefes schwarzes Loch tat sich
auf.

Schuldgefühle holten mich ein. „Wie könnte
der Unfall passiert sein? Hatte ich nicht rechtzeitig reagiert? Hatte ich den LKW nicht gesehen oder dieser uns nicht?",

Fragen über Fragen!

Um meinen seelischen Kummer zu ertragen,
ertränkte ich ihn mit Wein. Der Alkohol
machte den tristen Alltag leichter.

Artig, aber sehr ungern ging ich dreimal wö-
chentlich zur ambulanten Therapie ins Kran-

kenhaus. Die vertrauten Menschen und die Räumlichkeiten, in denen Resi und ich soviel erlebt hatten, sah ich nun mit anderen Augen.

Ich sah sie mit den Augen eines einsamen Zwillings.

Wie sollte mein Leben nach diesem Schicksalsschlag weitergehen?

*

Zu besonderen Anlässen wurde ich von meinen Geschwistern nach Wiesental geholt. Der Umgang mit mir war für alle nicht einfach. Jeder trauerte auf seine Weise und während meiner Anwesenheit wurde kaum offen ausgesprochen, was jedem auf dem Herzen lag.

Auch ich hüllte mich in Schweigen.

Doch **mein** Schweigen war der lauteste Ruf!

Für die ganze Familie war das Grab ein wichtiger Ort der Trauer. Von allen wurde es rege besucht und liebevoll gepflegt, ich aber fühlte mich vernachlässigt, weil niemand sich öffnete und mit mir über Resi sprach.

Und dann kam der Tag, an dem ich zum ersten Mal an Resis Grab stand.

Vor diesem Moment hatte ich mich unsäglich gefürchtet. Ein Grab kann auch ein Ort sein, der Konflikte deutlich macht. Mit Herzklopfen stand ich davor und las ihren Namen – es war Wirklichkeit!

Ich redete zu ihr:

„Resi, Du fehlst mir. Warum bist Du einfach so gegangen?

Ich konnte mich nicht einmal von Dir verabschieden.

Warum lässt Du mich mit dem ganzen Schlamassel zurück?

Jetzt kann ich sehen, wie ich mit allem zurechtkomme. Mit dem Leben ohne Dich, mit der Sehnsucht.

Du hast Ruhe und Frieden. Und ich?

Habe ich Schuld an deinem Tod?"

Wut stieg in mir auf. Sie hatte mich einfach zurückgelassen. Warum sind wir nicht beide gestorben? Warum musste ich weiterleben?

Warum?

Keiner wird gefragt, wann es ihm recht ist, Abschied zu nehmen von Menschen, Gewohnheiten, sich selbst. Irgendwann, plötzlich heißt es, damit umgehen, ihn aushalten, annehmen, diesen Abschied, diesen Schmerz des Sterbens, dieses Zusammenbrechen, um neu aufzubrechen.

(Margot Bickel)

*

Der Sommer 1975 ging dem Ende entgegen und ich wurde wieder für zwei kleinere operative Eingriffe stationär ins Krankenhaus aufgenommen. Der Heilungsprozess an meinem zertrümmerten Sprunggelenk machte keine Fortschritte.

In der Klinik traf ich den Hausboten mit der Mappe aller meiner Röntgenaufnahmen:

„Die Mappe wird immer dicker und schwerer. Beim fünfzigsten Röntgenbild musst du eine Flasche Sekt spendieren."

Wir stellten fest, dass die Zahl der Röntgenaufnahmen bereits die Fünfzig überschritten hatten.

Er bekam eine Flasche Sekt.

Während dieses Krankenhausaufenthaltes brachte mir die Post die „Anklageschrift". Sie enthielt die

Anschuldigungen gegen die Angeklagten Klaus Ernst U. und Anna M.

„Nach Abschluss des Ermittlungsverfahrens entschließt sich die Staatsanwaltschaft, die Anklage zu erheben. Sie, die Staatsanwaltschaft, reicht bei Gericht eine Anklage mit den Akten und den Antrag auf Eröffnung des Hauptverfahrens ein.

Innerhalb einer Woche kann der/die Angeklagte erklären, ob er/sie Einwendungen gegen die Eröffnung des Hauptverfahrens erheben und Beweisanträge stellen wollen."

gez. Bender
Oberstaatsanwalt

*

Bis dahin hatte ich in meinem jungen Leben noch keine Erfahrungen in juristischen Angelegenheiten. Alle schriftlichen Abläufe mit der Unfallversicherung, dem Rechtsanwalt und der Berufsgenossenschaft wurden von meinen Geschwistern und von Ma gewissenhaft erledigt. Um mir zusätzliche Belastungen zu ersparen, hielt man mich, soweit es möglich war, aus diesen Dingen heraus.

Die Anklageschrift brachte nun den Stein ins Rollen und der erste Besuch bei Rechtsanwalt Dr. Hans R. stand an. Noch immer durfte ich mein Bein nicht belasten und kam mit dem Gehapparat und zwei Krücken sowie einer hochgradigen Bewegungseinschränkung im Schultergelenk zu ihm. Aufgeregt betrat ich die Kanzlei und stand zum ersten Mal dem Mann gegenüber, der meine Rechte vor Gericht vertreten sollte.

Sofort nahm er einen bereitgelegten Ordner, schlug ihn auf und hielt mir unvorbereitet Unfallaufnahmen vor die Nase, die ich so noch nicht gesehen hatte.

„Wie konnten Sie auf den LKW fahren?", fragte er.

Seine Taktlosigkeit schüchterte mich ein. Den Tränen nahe blieb ich stumm. Ich fühlte mich hilflos und alleine.

In einer kühlen Atmosphäre wurden noch die wichtigsten Dinge besprochen. Den Rechtsanwalt sah ich erst bei der Gerichtsverhandlung wieder.

Mein Wunsch wieder zu arbeiten, wurde immer stärker. Ich wollte nicht mehr unnütz herumsitzen. Die Rücksprache mit Peter ergab: „Na, dann probier es halt mal, aber nicht ohne Deine Gehhilfen."

*

Mit starkem Herzklopfen kam ich am 6. Oktober 1975 zurück in den Arbeitsalltag der Klinik.

Von den meisten wurde ich freudig begrüßt, andere verhielten sich so, als wäre ich wegen einer schweren Grippe für längere Zeit ausgefallen. Wieder spürte ich Unsicherheit im Umgang mit mir.

Die Zeit war nicht stehen geblieben. Es hatte sich vieles verändert. Meine Nachfolgerin hatte gute Arbeit geleistet und ich spielte die zweite Geige. Mir wurde ganz langsam klar, dass in diesem Büro eine Person zu viel war.

Außerdem war ich noch nicht gesund und voll belastbar. Für meinen Vorgesetzten war so etwas schwer nachvollziehbar. Seine Großzügigkeit in anderen Dingen war mir bekannt, aber mit Krankheit oder kranken Menschen konnte er nicht umgehen.

So endete meine Rückkehr an den Arbeitsplatz mit Ernüchterung. Erschöpft und müde kam ich abends heim und entspannte mich beim Wein. Er sollte mir wieder über meinen Kummer hinweg helfen. Noch ahnte ich nicht, dass dies ein Trugschluss war.

Nach zwei Wochen im Arbeitsleben wurde ich wieder krank und mein Vorgesetzter machte mir unmissverständlich klar, dass ich an meinem geliebten Arbeitsplatz keine Zukunft habe. Er schlug mir eine Versetzung innerhalb des Krankenhauses vor.

Eine andere Alternative hatte ich nicht. So lange ich nicht gesund war, konnte ich an meiner Lebenssituation nichts ändern.

Immer öfter und immer stärker stellten sich an meinem Sprunggelenk ein Belastungsschmerz und eine abnorme Beweglichkeit ein.

Wieder musste eine Röntgenaufnahme gemacht werden. Peter rief mich sofort zu sich:

„An Deinem Sprunggelenk hat sich eine Pseudarthrose gebildet, das ist eine Falschgelenkbildung. Eine knöcherne Überbrückung nach der Fraktur ist ausgeblieben. Die Ursache hierfür kann durch eine mangelhafte Ruhigstellung erfolgt sein. Wir müssen Dich noch einmal operieren."

Das Jahr 1976 begann mit einem dreiwöchigen Krankenhausaufenthalt.

Die Pseudarthrose wurde ausgeräumt und nach Knochenentnahme am rechten Beckenkamm eine Spongiosplastik durchgeführt. Danach erfolgte wiederum eine Ruhigstellung im Unterschenkel-Liegegips.

Ahnungslos über die Dauer des Heilungsprozesses saß ich wieder zu Hause. Ich litt unter schneller Ermüdung, war nicht belastbar und der psychoorganische Befund, der nach dem schweren Schädelhirntrauma aufgetreten war, besserte sich nicht.

*

Verstrickt in Sehnsüchte und Widersprüche, in Aggression und Depression, in Ängste und Hochstimmung begann ein Kreislauf. Schuldgefühle wurden stärker und Gedanken, meinem Leben ein Ende zu setzen wurden häufiger.

Meine Seele hätte Hilfe gebraucht, doch diese war nicht in Sicht.

Interessiert las ich Bücher der Sterbeforscherin Elisabeth Kübler-Ross und nahm in mich auf, was ich alles sonst noch über den Tod lesen konnte. Der Tod war mir näher als das Leben.

Über der Unfallakte, die sich inzwischen ordentlich gefüllt hatte, schlief ich abends ein.

Der Alkohol half mir, mit dieser emotionalen Katastrophe umzugehen und die Schuldgefühle auszuhalten. So war ich nicht ganz allein.

Doch Alkohol löst keine Probleme, denn Probleme können auch schwimmen.

Und doch war es mein Weg, den ich gewählt hatte, mit dieser Tragik einigermaßen umzugehen.

*

„Im Grunde ist das Dasein auf dieser Erde zu schwer für ein so hinfälliges Wesen wie den Menschen.

Wir leben alle über Abgründen und es gehört ein erstaunliches Vertrauen dazu anzunehmen, sie würden uns nicht verschlingen.

Erst die Arbeit an der Trauer bringt Wahrheit ins Dasein.

Es mag sein, dass wirkliche Trauer ein Leben so selten befällt wie wirklich überwältigende Liebe. Es mag sogar sein, dass beides nur einmal wirklich erfahren wird.

Aber einmal müssen sie wohl durchschritten werden, damit das Herz nicht bei den voreiligen Tröstungen stehen bleibt, die man ihm anbietet. Einmal muss wohl der Karfreitag durchgestanden werden, um der Wahrheit und der Hoffnung willen. Denn was ein Morgen ist, wird nur der wissen, der die Nacht durchhielt."   (Jörg Zink, „Erfahrung mit Gott")

*

Wieder war es Frühling. März 1976.

Resi war nun fast ein Jahr tot.

Ich „arbeitete" an meiner schwersten Lebensaufgabe, die mir gestellt war.

Ich musste meine Lebensspur wieder finden, ich musste wieder leben lernen, **ohne Resi leben** lernen.

*

Die mehrstündige Gerichtsverhandlung ging wie ein Traum an mir vorüber. Ich spürte Aufregung und Anspannung.

Wegen meines eingegipsten Beines durfte ich die ganze Verhandlung sitzen.

Die beiden Angeklagten sahen sich kaum an.

Kein persönliches Wort.

An alles andere kann ich mich nicht erinnern.

Auszug aus der

Urteilsbegründung

Die Angeklagten U. und M. sind am Tode der Theresia Martus (fahrlässig) mitschuldig geworden. U. zusätzlich und zugleich der fahrlässigen Körperverletzung zum Nachteil der Mitangeklagten.

Der Angeklagte U. lenkte am 15. April 1975 gegen 7.35 Uhr in Karlsbad-Langensteinbach den LKW vom Campingplatz beim Rehabilitationskrankenhaus auf die regennasse Hauptstraße, um auf dieser nach links wegzufahren. Hierbei verkannte er infolge ihm zumutbarer und möglicher Konzentration oder infolge Unaufmerksamkeit, dass sich von links auf der Hauptstraße mit ihrem PKW die Mitangeklagte Anna M. näherte. Weil überdies die Mitangeklagte den langsamen Einbiegevorgang des Angeklagten nicht rechtzeitig wahrnahm oder verkannte, bremste sie ihren PKW nicht ab, sondern versuchte im letzten Augenblick nach links auf die Gegenfahrbahn auszuweichen, um noch vor dem LKW vorbeizukommen. Dies gelang ihr deshalb nicht mehr, weil der Angeklagte seinen Einbiegevorgang ohne Geschwindigkeitsverringerung oder anzuhalten fortsetzte und dadurch das nach links Ausweichen der Mitangeklagten unterband.

Dies hatte für beide Angeklagte zur vorhersehbaren und vermeidbaren Folge, dass der PKW gegen die vordere rechte Seite des LKW prallte und durch diesen Aufprall die auf dem Beifahrersitz im PKW mitfahrende 22-jährige Zwillingsschwester der Mitangeklagten, Theresia M., tödlich verletzt wurde.

Nach dem verlesenen Bericht des Staatlichen Ge-
sundheitsamtes Karlsruhe über die Leichenschau
war davon auszugehen, dass der Tod der Theresia
Martus auf Schädel- bzw. Gehirnverletzungen zu-
rückzuführen ist.

Auch die Mitangeklagte wurde erheblich verletzt.
Es ist ihr zu glauben, dass ihr der Tod der Zwillingsschwester sehr nahe geht. Die Verletzungen
der Mitangeklagten sind durch ihre glaubhafte
Schilderung dargetan. Sie sind jetzt noch nicht
behoben. In der Hauptverhandlung trug sie das
rechte Bein noch in Gips. Sie kann sich infolge
ihrer schweren Verletzungen, besonders in Anbet-
racht ihrer schweren Gehirnquetschung (Contusio
cerebri) an das Unfallgeschehen nicht erinnern.
Weiter ist die Mitangeklagte weder vorbestraft
noch sonst wie verkehrsrechtlich in Erscheinung
getreten. Dies alles zusammen, ferner das Mitverschulden des Angeklagten U., führen zu Anwendung des § 60 StGB. Hiernach sieht das Gericht
von Strafe ab, wenn die Folgen der Tat, die den
Täter getroffen haben, so schwer sind, dass die
Verhängung einer Strafe offensichtlich verfehlt
wäre. Die Mitangeklagte über diese Folgen der Tat
hinaus noch zu bestrafen, würde auf das Unverständnis der Bevölkerung stoßen und deren
Rechtstreue ernstlich beeinträchtigen (OLG Karlsruhe in NJW 74, 1006).

Das Blut der Mitangeklagten und der verstorbenen
Beifahrerin war frei von Alkohol.

Diese Voraussetzungen liegen beim Angeklagten U.
nicht vor. Er selbst wurde auch nicht verletzt. Bei
ihm musste strafmildernd berücksichtigt werden,
dass er nicht vorbestraft ist, bislang verkehrsrechtlich unauffällig geblieben und das Mitverschulden

der Mitangeklagten. Freiheitsstrafe ab sechs Monate wäre nur dann zu verhängen gewesen, wenn besondere Umstände in der Tat oder der Persönlichkeit des Angeklagten die Verhängung einer Freiheitsstrafe zur Einwirkung auf ihn oder zur Verteidigung der Rechtsordnung unerlässlich machen würden (§ 47 StGB). Solche besonderen Umstände liegen offensichtlich nicht vor.

Ausweislich des verlesenen Blutentnahmeprotokolls und des verlesenen Inhalts der gutachtlichen Auswertung der Chemischen Landesuntersuchungsanstalt Karlsruhe hatte der Angeklagte U. um 9.00 Uhr Blutalkoholwerte von 1,08 ‰ bis 1,10 ‰, somit bei einem zu seinen Gunsten anzunehmenden stündlichen Abbaufaktor von 0,1 ‰, zur Unfallzeit einen Blutalkoholspiegel von allenfalls 1,23 ‰. Demnach befand er sich im Bereich der relativen Fahruntüchtigkeit und es ist zu prüfen, ob das Fahrverhalten oder das äußere Erscheinungsbild des Angeklagten sichere Schlüsse zulassen auf seine alkoholbedingte Fahruntüchtigkeit.

Das Fahrverhalten des Angeklagten ist nicht alkoholtypisch. Der Angeklagte hatte lediglich die Situation verkannt. Immerhin war die Mitangeklagte nicht so nahe herangekommen, sondern in einer Entfernung, die ein Verschätzen auch für einen nüchternen Fahrer durchaus zuließ.

Das Blutentnahmeprotokoll ließ im äußeren Erscheinungsbild des Angeklagten keine alkoholbedingte Auffälligkeiten erkennen, so dass der blutentnehmende Arzt diagnostizierte: „Kein Einfluss von Alkohol erkennbar."

Bei dieser Sach- und Beweislage ist die dem Angeklagten in der Anklage ursprünglich vorgeworfene fahrlässige Straßenverkehrsgefährdung durch Alkoholgenuss nicht mehr aufrecht zu erhalten, so dass er insoweit – dem Antrag der Staatsanwaltschaft entsprechend - von diesem Vorwurf freizustellen ist.

Eine Geldstrafe von 50 Tagessätzen trägt diesen Gesichtspunkten, auch solchen der Gerechtigkeit und den Tatfolgen, Rechnung.

Ein Tagessatz von DM 25,00 steht in einem vernünftigen Verhältnis zum derzeitigen Einkommen des Angeklagten, der noch für Ehefrau und ein kleines Kind zu sorgen hat.

Die Kostenentscheidung entspricht dem § 465 StPO. Hiernach hat der Angeklagte U. auch die Kosten der Nebenklage zu tragen (die Mitangeklagte Martus war zugleich Nebenklägerin).

Der Angeklagte U. kann nicht mehr als ungeeignet zum Führen von Kraftfahrzeugen angesehen werden. Die Frage hätte in der Hauptverhandlung als fortbestehende Ungeeignetheit nur dann bejaht werden können, wenn eine alkoholbedingte Fahruntüchtigkeit beweisbar gewesen wäre. Da Letzteres, wie ausgeführt, zu verneinen ist, ist unter Aufhebung des Beschlusses über die vorläufige Entziehung der Fahrerlaubnis dem Angeklagten der seit Unfalltag einbehaltene Führerschein wieder zurückzugeben gewesen.

Das von der Staatsanwaltschaft beantragte Fahrverbot ist nicht begründbar. Sie hat ersichtlich darauf abgehoben, dass der Angeklagte sich ordnungswidrig im Sinne § 24 a StVG verhalten hat, als er mit einer Blutalkoholkonzentration von über 0,8 %o den LKW gelenkt hat. Indessen ist eine solche Ordnungswidrigkeit verjährt. Dies muss bei der Frage, ob nach § 25 StVG ein Fahrverbot zu verhängen ist, berücksichtigt werden; mit anderen Worten: Kein Fahrverbot, wenn keine verfolgbare Ordnungswidrigkeit zu Grunde liegt.

gez. Dr. Steinbrenner

*

Schuld

Ich bin schuldig!

Ich habe Schuld auf mich geladen!

Ich habe eine Schuld zu tragen.

Schuld - ein Leben lang?

Schuld - für was?

Schuld – wer nimmt sie weg?

Herr, vergib uns unsere Schuld.

Wie auch wir vergeben unseren Schuldigern.

Rechtsanwalt Dr. R. legte gegen das Urteil des Amtsgerichts Karlsruhe Berufung ein.

Nach nochmaliger Verhandlung vor dem Landgericht Karlsruhe, Strafkammer V, wird folgender

Gerichtsbeschluss

verkündet:

Mit Zustimmung der Staatsanwaltschaft, der Angeklagten und des Verteidigers wird das Verfahren gegen die Angeklagte Anna M. gemäß § 153 auf Kosten der Staatskasse eingestellt.

Die Angeklagte behält die notwendigen Auslagen, soweit sie ihr als Angeklagte entstanden sind, auf sich.

gez. Vorsitzender Richter am Landgericht

*

Im Sommer 1976 wurde mir nach einer erneuten Röntgenaufnahme endlich mitgeteilt, dass mein Sprunggelenk soweit zusammengeheilt sei, dass der Gips abgenommen werden könne und ich das Bein zwar noch nicht voll belasten, jedoch mit Krücken gehen dürfe.

Wie gut es ist, dass man nicht alles im Voraus weiß, wurde mir damals so richtig klar. Hätte ich auch nur geahnt, wie lange sich die Kran-

kengeschichte hinzieht, wäre ich wohl verzweifelt.

Mein rechtes Bein ist seither kürzer. Die
Schmerzen in diesem werden mich mein Leben lang begleiten.

*

Nun aber musste ich zurück ins Arbeitsleben.

Inzwischen war ich innerhalb der Klinik ins
Sekretariat der Krankenpflegeschule versetzt
worden.

Im Vergleich zu meinem alten Arbeitsplatz
war es eine ruhige Stätte. Für mich zu ruhig.
Das gefiel mir gar nicht.

Abwechslung gab es nur während der Unter-
richtspausen, wenn die Dozenten zu einer
Tasse Kaffee vorbeikamen.

Ich fühlte mich sehr unwohl.

Mittlerweile hatte ich mich zu einer Meisterin
im Verdrängen entwickelt und glaubte immer
noch, dass mein Leben in der Arbeitswelt so
weitergehen könne wie vor dem Unfall.

Doch eine Begebenheit öffnete mir die Augen.

Während meiner Arbeit im Sekretariat, beim
Durchblättern eines Ordners, fiel mir ein

Formular in die Hände, welches die Unterschrift von Resi trug.

Völlig überrascht traute ich meinen Augen nicht.

Nein – entsetzlich! Das konnte nicht sein.

Aufgewühlt ging ich nach Hause.

Jetzt wusste ich, dass es so nicht weiterging.

Doch wie sollte es weitergehen?

*

Alle Veränderungen, selbst die ersehntesten, haben ihre Melancholie; denn was wir zurücklassen, ist ein Teil unserer selbst; wir müssen erst mit einem Leben abschließen, bevor wir ein neues beginnen können!

(Anatole France)

*

Ich glaube nicht an Zufälle.

Mitten in dieser schwierigen und orientierungslosen Zeit lernte ich Matthias, meinen zukünftigen Mann, kennen.

Er war ein Geschenk des Himmels. Wir verstanden uns und es dauerte nicht lange, bis ich bei ihm einzog. Er nahm mich mit meinem

Schicksal an und hatte viel Geduld. Wenn man dem Herzen folgt, ist es der richtige Weg.

Im Juli 1977 heirateten wir.

Matthias war ein starker Raucher. Als Nichtraucherin äußerte ich darüber schnell mein Missfallen. Bereits am Abend unseres zweiten Treffens rauchte er seine letzte Zigarette.

„Für Dich habe ich es gerne getan", versicherte er. Seine Stärke war für mich ein Liebesbeweis.

Glücklich, aber zugleich mit der Last von Schuld und Trauer, trat ich in ein neues Leben. Wir renovierten unser zukünftiges Zuhause, richteten es schön ein und waren mit dem Start ins Eheleben ausreichend beschäftigt. Außerdem arbeitete ich nur noch halbtags. Das war in meiner psychischen und physischen Verfassung eine große Erleichterung

Jede Aktivität half mir über dunkle Gedanken. Doch ich hatte Heimweh nach meiner Schwester. Und Schuldgefühle! Niemand konnte mir Resi ersetzen oder zurückbringen.

Jetzt fing meine „Trauerarbeit" erst richtig an.

„Zwischen Trauerarbeit und Trauer besteht ein Unterschied. Kleine Kinder, die noch nicht so viele ungelöste Probleme mit sich herumschleppen, die trauern. Und wenn sie getrauert haben, können sie weitergehen. Aber Erwachsene müssen die Trauer bearbeiten, und das ist dasselbe wie die eigene Problematik bearbeiten. Und wenn sie mit ihren Problemen nicht klarkommen, hört die Trauerarbeit nie auf."

(Elisabeth Kübler-Ross)

*

Im Nachhinein sah es so aus, als hätte ich eine Vorahnung davon gehabt, dass etwas Schlimmes geschehen werde. Nur so kann ich mir meine Unruhe und mein Ordnen und Sorgen in den Tagen vor dem Unfall erklären. Und doch wehrt sich mein Verstand dagegen. Wieso fährt man dann dem Tod entgegen?

War es Schicksal – Vorsehung - Fügung?

*

Eine Schwangerschaft ist für jede Frau eine besondere Zeit in ihrem Leben. Als ich erfuhr, schwanger zu sein, fühlte ich mich wie eine Königin. Es ging mir rundum gut.

Dankbar konnten wir im Sommer 1978 unser erstes Kind in den Arm nehmen, Katharina bereitete uns viel Freude.

Nun war ich mit den neuen Aufgaben beschäftigt und nicht mehr allein. Doch tief im Herzen fühlte ich mich einsam. Immer wieder holte mich eine innere Leere ein. Die depressiven Verstimmungen kamen und gingen.

Depressionen spielen sich im Verborgenen ab. Wer schon einmal eine schwere Depression durchlitten hat, weiß, welche große Macht sie ausübt – nicht nur für den Betroffenen, sondern ebenso für die nächsten Angehörigen.

Ein anderer Ansatz als mit „WARUM?" dem depressiven Syndrom zu begegnen, könnte sein: „WOZU?" – welchen SINN hat Depression? Welche Botschaft will sie mir vermitteln? Für was steht die Depression? Vielleicht ist sie ein Selbstschutz?

Selbstmordgedanken hatten mich fest im Griff. Ich wollte sterben.

*

„Die Depression ist gleich einer Dame in Schwarz. Tritt sie auf, so weise sie nicht weg, sondern bitte sie als Gast zu Tisch und höre, was sie zu sagen hat."

(C.. G. Jung)

Als ich ärztlichen Rat aufsuchte, fühlte ich mich nicht verstanden. Eine Psychologin attestierte mir:

„Die Patientin hat noch immer eine leichte Antriebsminderung, neigt zum Perseverieren (= beharrlich bei etwas bleiben) im Denken, zeigt eine oft dysphorische (= misslaunige, gereizte) Stimmungslage sowie Konzentrationsstörungen; diese sind als Ausdruck eines noch vorhandenen Durchgangssyndroms zu werten. Hinzu kommt, dass sie jetzt – und dies scheint eine Reaktion zu sein, die bedingt ist durch ihre Primärpersönlichkeit, durch ihre organischen Veränderungen und ihre Reaktion auf den Unfall und den Tod der Schwester – im Gegensatz zur Voruntersuchung ihre Beschwerden in übertriebener Form darzustellen und damit zu verdeutlichen versucht, möglicherweise um damit unangenehmen Situationen aus dem Wege zu gehen."

*

Die Liebe zu einem kleinen Kind gehört wohl zu den schönsten Gefühlen.

„Du hast doch allen Grund zufrieden und glücklich zu sein", wurde mir gesagt und ich wollte daran auch glauben. Doch meine Gefühlsschwankungen bereiteten mir zusätzlich ein schlechtes Gewissen.

Und immer wieder derselbe Traum!

Ich fahre Auto, sitze am Steuer,
bremse den Wagen,
aber er kommt nicht zum Stehen.

Der Wagen kommt nicht zum Stehen.

Mit großer Anstrengung reiße ich
das Lenkrad herum,
jedoch mein rechter Arm hat keine
Kraft.

Mein rechter Arm hat keine Kraft.

Ich wache auf. Angst!

Wo bin ich? Im Krankenhaus?

Nein – es war nur ein Traum – ein
Alptraum!

Noch etwas musste ich so langsam lernen. Bei meinen Erzählungen und Unterhaltungen sprach ich immer noch von „uns" oder von „wir", meinte aber mich. Wer gut hinhörte, war verwundert. Es war ein langer Prozess, statt „wir" „ich" zu sagen.

*

Kein Mensch kann beim anderen sehen und verstehen, was er nicht selbst erlebt hat. Das wurde mir bei manchen Begegnungen schmerzlich bewusst. Ihre Äußerungen verletzten mich zutiefst.

Bei einem zufälligen Treffen sprach mich eine Kollegin aus der Lehrzeit sofort auf den Unfalltod meiner Schwester an und fragte nur: „Wer ist denn gefahren?"

Ein älterer Herr aus dem Wohnort bemerkte im Vorübergehen: „Sie sind doch eine der Zwillinge, die einen Autounfall hatten. Wer war daran schuld?"

Als ich einer Nachbarin von dem Unfall erzählte und den Tod meiner Schwester erwähnte, entgegnete sie darauf nur: „Ja aber wenn der Partner stirbt, ist das doch schlimmer."

Warum nur fragte mich keiner, wie es mir ging?

Warum nur fragte mich keiner, wie ich mit Resis Tod lebte?

Es waren Verletzungen, die ich nur sehr schwer ertragen konnte. Wie Stachel piekten die Worte in meine Seele. Gekränkt und wütend ließen sie mich nicht los. Ich versuchte meinen Kummer zu ertränken, doch er schwamm immer obendrauf.

Der Alkohol gewann mehr und mehr an Bedeutung für mein seelisches Gleichgewicht. Unwohlsein und Ängste stellten sich ein.

Je mehr ich trank, desto mehr wurde mir die Einsamkeit bewusst. Ich suchte Heimat und fand Leere.

Mein Selbstwertgefühl schmolz wie der Schnee in der Sonne. Ich konnte damals noch nicht erkennen, dass ich langsam eine psychische Alkoholabhängigkeit entwickelte.

*

„Eine psychische Abhängigkeit ist anfangs der Wunsch und später das Verlangen, sich auf das Suchtmittel zu stützen, weil dadurch ein Zustand erzeugt wird, der Probleme problemloser und viele Alltagssituationen angenehmer und erträglicher erscheinen lässt. Die psychische Abhängigkeit beginnt meist schleichend mit anfangs eher unscheinbaren Ereignissen, wie z.B. der schlechten Laune, häufiger Lustlosigkeit und Gleichgültigkeit. Vereinfacht könnte man sagen: Psychische Abhängigkeit ist die Überzeugung, nur mit dem Suchtmittel einigermaßen erträglich leben zu können...

Das Quälende liegt in dem, was fälschlich ‚Willensschwäche' genannt wird. Tatsächlich trinkt der Abhängige mehr als er eigentlich will, nur ist eine allgemeine Willensschwäche nicht der Grund dafür! Es sieht nur für Außenstehende so aus, so dass die an mehr Willenskraft appellieren.

Von der Wirkung auf den Gesamtorganismus her gesehen ist Alkohol eigentlich zuallererst ein Zellgift, das schädigt.

Von der Wirkung auf das Zentralnervensystem her gesehen ist Alkohol ein Beruhigungsmittel. So kann er helfen, Angst und Hemmungen zu überwinden. Einsamkeit erträglicher zu machen, Minderwertigkeitsgefühle, Spannungen und Furcht vor einem Versagen zu verringern, Angst zu überdecken und Freude zu verstärken." (Ralf Schneider, Suchtfibel)

1982 wurde unsere Tochter Anna geboren. Temperamentvoll und lebhaft bereicherte sie unseren Alltag und nachdem 1984 Elisabeth zur Welt gekommen war, hatte ich mit den drei Mädchen alle Hände voll zu tun. Mein Leben wurde mit Freude und Sorge, die Kinder mit sich bringen, gefüllt.

*

Kinder

aus unserem Lieben und unserem Versagen genommen,
in unser Lieben und unser Versagen gekommen,
wachsen sie in das Leben,
das wir bestimmen, hinein;
geborgen und auch entsetzlich allein.

Sie blicken uns an,
ohne Schuld, ohne Schutz – noch ganz offen;
und wir müssten davon getroffen
uns ganz in Liebe wandeln.
Unbegreiflich –
wir handeln oft nach dunklen, unbefragten Gesetzen,
die verbiegen und verletzen.

Kinder, unvergleichbare, göttliche Gaben,
die wir nicht zu eigen haben.
In das Haus unseres Herzens gegeben,
um geliebt und liebend zu leben.

Christa Peikert-Flaspöhler

153

Im März 1995, zwei Monate nach ihrem 80. Geburtstag, starb Ma in ihrer vertrauten Umgebung im Beisein ihrer Kinder.

Leid und Tod hatten ihr Leben schmerzlich begleitet. Trotzdem hatte sie im Vertrauen auf Gott und mit einem starken Lebenswillen unermüdlich für ihre große Familie gesorgt und bis zu den Urenkeln alle mütterlich angenommen und begleitet. Als in den letzten zwei Lebensjahren ihre Kräfte nachließen, durften wir ihr in Beistand und Pflege einiges an Liebe zurückschenken. Dankbar für ihre großartige Lebensleistung konnten wir sie vertrauensvoll in Gottes Hände geben.

Zum Schluss

Wir Menschen sind bestrebt, unsere Umwelt, unsere körperliche Verfassung, unser Denken und Handeln so zu beeinflussen, dass wir uns wohl fühlen und ein angenehmes Leben haben.

Wenn aber die Gefühlslage durch Ereignisse unvorhersehbar und unangenehm beeinträchtigt wird, ist es oft schwer, eine innere Balance wieder zu finden.

*

Das Unfallgeschehen hat mich nie losgelassen.

Schuldgefühle sind nicht gegangen.

Die Wunde von Resis Tod hat sich nie geschlossen. Ich musste lernen, mit der Vergangenheit zu leben, nicht in ihr. Darin liegt der entscheidende Unterschied.

Während einer Therapie konnte ich meine seelischen Verletzungen und Wunden ansehen. In vielen Gesprächen wurde mir klar, dass mein Verdrängen, also nicht über den Unfall zu sprechen, so zu tun, als wäre nichts geschehen, ein Selbstschutz war, um mit der emotionalen Katastrophe des Unfalls weiter leben zu können. Ich lernte auch, mich selbst besser zu verstehen.

Die Bitterkeit muss nicht das letzte Wort über eine leidvolle Geschichte sein. Wir können uns auch für die Barmherzigkeit entscheiden. Das ist unsere letzte Wahl. Das Geschehene können wir nicht mehr ungeschehen machen, das Vergangene nicht mehr ändern. Jedoch bleibt aber immer noch die Möglichkeit, an der Art und Weise zu arbeiten, wie wir mit unserer Geschichte umgehen. Unser Blick auf Enttäuschungen und Schmerz kann sich wandeln.

Vergangenheit kann man nicht bewältigen, sondern nur studieren oder ansehen.

Sören Kierkegaard drückte es so aus:

„Das Leben kann man nur vorwärts leben und rückblickend verstehen."

Alles, was einem zustößt, hat einen Sinn, doch es ist schwierig, ihn zu erkennen. Auch im Buch des Lebens hat jedes Blatt zwei Seiten. Auf die eine, die obere, schreiben wir Menschen unsere Pläne, Wünsche und Hoffnungen, aber die andere füllt die Vorsehung - und die ist selten unser Ziel gewesen.

Mit diesem Buch will ich die Erinnerung an meine Zwillingsschwester wach halten.

Ich möchte ihr, die so früh gehen musste, einen Platz einräumen, denn wir sind mit den Toten unserer Familie unterwegs und Tote sind erst tot, wenn niemand mehr über sie spricht.

Ich weiß nicht, ob ich inneren Frieden finde, aber mit diesem Buch wollte ich das Erlebte auch anderen mitteilen, damit sie erfahren, was es heißt, als Zwillinge in diese Welt zu kommen und nach einem grausamen Unfall alleine das Leben zu bewältigen, aufrecht zu stehen und das Gleichgewicht zu halten.

Doch die Gegenwart heilt die Vergangenheit und bereitet die Zukunft vor.

Dieses Buch widme ich meinen Kindern Katharina, Anna, Elisabeth und meinem Mann Matthias:

Ihr habt mir immer wieder Mut gemacht, mich gestärkt und mir auf Eure Weise geholfen, meinen „Buch-Traum" zu verwirklichen. Dafür bin ich Euch sehr dankbar.

Ihr seid mir das Wichtigste.

Ich danke Anja Otto sehr herzlich für unsere gute Zusammenarbeit. Ohne sie wäre dieses Buch nicht möglich gewesen. Es war für mich eine Erfahrung, die mir viel Freude gemacht hat.

Resi – die letzte Aufnahme von ihr

- - -